My Journey
Through
ITALY
走 读 意 大 利

激情那不勒斯
Passionate Naples

张志雄·著

上海社会科学院出版社

序

20年来，我去了四次意大利。

第一次比较简略地走了罗马、佛罗伦萨和威尼斯。接下来的三次，我每次花大约一个月的时间，去意大利看画，看古迹，看风景，体验当地的风土人情。

第二次去的是罗马与托斯卡纳地区，后者包括佛罗伦萨、锡耶纳、基安蒂、皮恩扎、科尔托纳、圣吉米亚诺、阿雷佐、比萨、利沃诺和蒙特普齐亚诺。

第三次从意大利中部到北部，去了博洛尼亚、帕尔马、拉文纳、费拉拉、威尼斯、维罗纳、维琴察、曼托瓦、帕多瓦和米兰。

第四次先到了意大利最南面的西西里岛，环岛游历巴勒莫、切法卢、赛杰斯塔、埃里切、阿格里真托、皮亚扎、锡拉库萨、诺托和陶尔米纳，然后渡过墨西拿海峡，来到那不勒斯与庞贝古城，接着北上去中部的圣城阿西西，最后在罗马附近的蒂沃利完成这次旅程。

为什么我要多次深度游历意大利？

西方文化的源头是古希腊罗马文明。古罗马与意大利的渊源不言而喻。其实，古希腊城市的发达，意大利南部与西西里岛的城市繁荣要早于希腊本土的雅典。正如罗素的《西方哲学史》所言，希腊大陆是多山地区，大部分是荒蛮之地，因此靠海的小亚细亚、西西里和意大利的希腊人，在最早的历史时期，要比大陆上的希腊人富有得多。

以西方哲学史为例，开创者泰勒斯是小亚细亚的米利都人（米利都是一个繁荣的商业都市），毕达哥拉斯是萨摩岛人。意大利南部的各希腊城市与米利都和萨摩岛一样，都很富有，其中最大的两个城市是西巴瑞斯和克罗顿，据说西巴瑞斯的人口在全盛时期曾达30万之多（有些夸张）。据柏拉图记载，苏格拉底年轻时曾与已经是老哲学家的巴门尼德会过一次面，并从他那里学到好些东西。巴门尼德就是意大利南部爱利亚地方的人，他的鼎盛期约在公元前5世纪上半叶。

西西里岛阿格里真托的恩培多克勒是巴门尼德的同时代人，但他年纪较轻。阿格里真托现在还以拥有希腊时期的神庙谷闻名，其中的谐和神庙是联合国教科文组织的标志。我在阿格里真托时常常想到恩培多克勒这个好玩的家伙。他与毕达哥拉斯类似，是"哲学家、预言者、科学家和江湖术士的混合体"（罗素，《西方哲学史》）。传说恩培多克勒能控制风，他最后跳进了西西里的一个火山口。

随后，希腊哲学才转到雅典，出现了苏格拉底、柏拉图和亚里士多德。

经历了漫长的中世纪，在12世纪的末期，意大利（这次是北部）出现了"近代"欧洲最早的商业城邦。其中，米兰已经是自由旗帜的代表，而威尼斯地位较为复杂，它成了欧洲贸易的枢纽。威尼斯与意大利的其他地方不同，它崛起于11世纪第一次十字军东征，持续繁荣了700年，直到1797年被拿破仑所灭（威廉·麦克尼尔，《世界史：从史前到21世纪全球文明的互动》）。

15世纪，意大利出现了"文艺复兴"，当时最著名的五个城邦是米兰、威尼斯、佛罗伦萨、教皇领地和那不勒斯。19世纪的历史学家阿克顿勋爵认为："意大利文艺复兴的各个方面有一个共同的特征，即对美的崇拜。这是用美学反对禁欲。在对艺术的专门研究中，意大利人迅速达到了人类所能达到的最高境界。"

骁勇善战的教皇尤利乌斯二世曾经邀请米开朗基罗建造一座陵寝，据法国作家罗曼·罗兰的描述，尤利乌斯的专横让米开朗基罗很挫败。但在阿克顿勋爵眼里，"尤利乌斯凭着对身后名声的渴望成了真正的文艺复兴之子"。尤利乌斯命令建筑师布拉曼特拆掉千年来见证教会史上一幕幕戏剧性场面的君士坦丁大教堂，在今天的梵蒂冈建立了一座全新的圣彼得大教堂，"它的规模，它的美，它那匪夷所思的力量超过世界上所有教堂。这鲁莽的拆除预示着新时代的基调"。"梵蒂冈的绘画大都以政治为主题，它们纪念的多是掌权者而非牧师，直到圣彼得大教堂的出现，它的设计旨在展现普世教会的崇高与伟大，以及教皇在尘世的权威。它是文艺复兴事业辉煌的巅峰。临死前，尤利乌斯说能让平民大众留下印象的不是他们所知之事，而是所见之物。他将这种观念传给了继任者，即教堂应当成为人类宗教与艺术的辐射中心，而我们将看到，这最终是个招来灾难的遗产。"（阿克顿勋爵，《近代史讲稿》）

所谓招来灾难的遗产，就是世俗力量（主要是国王与权贵）通过宗教改革，将教堂的财富据为己有。这一趋势在法国大革命与拿破仑帝国时期达到了高潮，如卢浮宫博物馆成了欧洲各地教堂艺术品的汇集之地。

但意大利的教堂比较特别，今天我们仍然能在罗马、托斯卡纳与威尼斯等地的教堂看到不少大家的杰作。也就是说，忽略意大利的教堂，仅在意大利的博物馆欣赏艺术品，是远远不够的。而这在英国和荷兰等国家就没必要。

我自觉跑遍了意大利的山山水水,认为南部有些地方值得一去。不过,我若故地重游,首选还是中部的托斯卡纳——像锡耶纳就值得住几个晚上。它与佛罗伦萨不同,虽没有那么绚烂,可沉静中有古意,有中世纪的味道。它的乡村也是至美,值得在路上驻足停留。

作为个人来说,"志雄走读"是我思索世界与历史的一个中间站,也希望它能成为我与读者共同探讨世界与历史的一个伊甸园。

张志雄

2021年11月26日于浦东花木

目录

序　1

第一章　001　那不勒斯初印象

第二章　035　古城庞贝的前世今生

第三章　083　庞贝宅邸与它的艺术品

第四章　111　那不勒斯国家考古博物馆（上）

第五章　131　那不勒斯国家考古博物馆（下）

第六章　147　卡波迪蒙特博物馆（上）

第七章　175　卡波迪蒙特博物馆（下）

参考书目　215

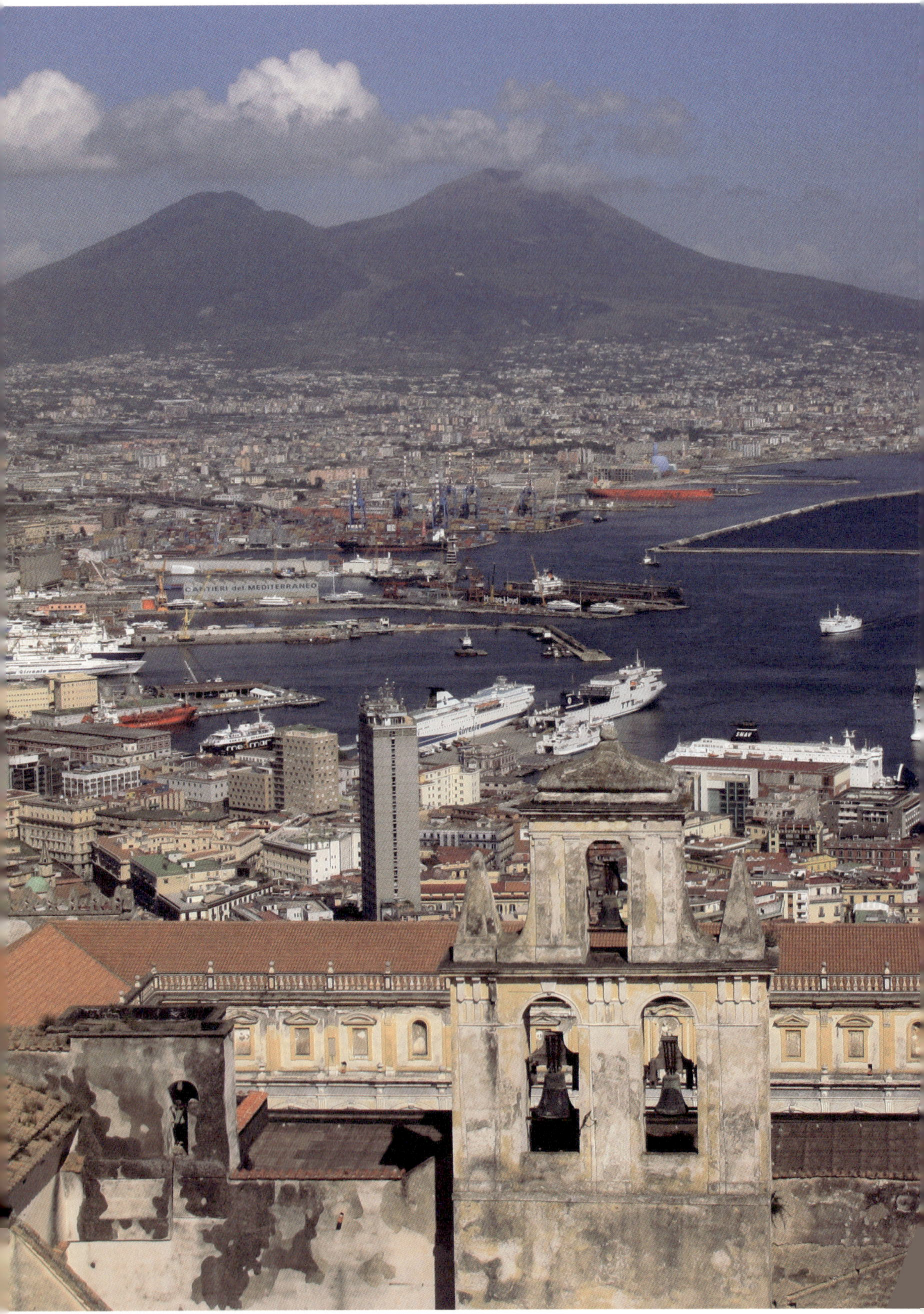
CANTIERI del MEDITERRANEO

第 一 章

那不勒斯初印象

那不勒斯并不像传闻中那么脏乱,治安也没那么糟糕。不过最好还是摘掉金银首饰,只需带些必要的物品,轻装出发吧。

一

2017年冬日，我们从西西里岛的陶尔米纳坐火车去那不勒斯，火车要用渡船从岛上运到大陆。我记得很小的时候跟着妈妈从上海去东北驻军的爸爸那里探亲，那时过长江的火车也是通过渡船来回大江南北的。所以，这次我很想再体验一下火车通过渡船过海的感觉。

事后发现这种方式过海耗时过长，整个行程超过了7个小时。

而且，这么长时间的旅途，火车上竟然没有餐车。这趟列车是从锡拉库萨发出的，前几天，我们坐这趟列车从锡拉库萨来到陶尔米纳。我们在意大利境内坐过很多次火车，长途车都是有餐车的。我们之所以没有饿坏是因为事先准备了食物和饮料。

出外旅行，最怕的是凭有限的经验作出错误的判断，但这只能碰运气。

二

走出那不勒斯车站，我们打车去宾馆。

根据经验，在欧洲打车不同区域差别较大，德国、英国、法国、奥地利等西欧国家，打车很规范。东欧最差，我们去的中欧地区如布拉格要看运气，有的出租车规矩，有的是黑车，漫天要价。布达佩斯更是过分，除非你直接从公司要车，否则被欺负的概率极大。

意大利虽是西欧大国，可它是这些国家中最乱的。意大利有南北之分，北部如米兰，坐出租车可以放心。罗马有些混乱，我们有次从飞机场坐出租车去宾馆，总感到价格不对。

南部的西西里岛，我在《冬日西西里》中已有叙述。因为在那里时基本上是包车，很难对出租车的状况作出评价。有一次，我们从陶尔米纳火车站去主街的民宿，不知真假，出租车司机找错了地址，绕了一大段路才到，他竟然要求我们按实际公里数付车费。

那不勒斯的出租车似乎也是讲价的，不打表，但价格不算离谱，当地的警察对出租车的管理很严格。我们从火车站坐出租车到酒店，与司机谈好价格，司机把车价写在发票上。有意思的是，途中车子被警察拦住了，警察看了发票后才放行。

我们很幸运，那不勒斯维苏威大酒店（Grand Hotel Vesuvio）的门童是个老者，他每次都问我们去哪里，然后报个价，征得我们同意后，再让出租车司机接单。我们通过距离测试过，老者的估价很合理。我们根据这样的估价标准在外面与出租车司机谈，都是可以接受的。

三

2016年冬天，那时我们在意大利北部的帕多瓦、维琴察、维罗纳、曼托瓦和中部的博洛尼亚漫游，去到米兰后，顿时有种大都市繁华的感觉。这次走完西西里的巴勒莫、阿格里真托、皮亚扎-阿尔梅里纳、锡拉库萨、诺托、拉古萨和陶尔米纳后，来到那不勒斯，也有一种天地突然宽广之感。

当然，米兰干净整洁，那不勒斯拥挤混乱，但有了行前的充分准备，倒也能适应。

在西西里时，我们为了避开首府巴勒莫老城可能带来的不适，住宿在相对安静干净的海港酒店。到那不勒斯后，我采用同样的策略，订了海边的帕尔泰诺佩大街（via Partenope）上的维苏威大酒店。

维苏威大酒店对面的蛋堡最早可以追溯到公元前6世纪，后由12世纪的诺曼人建立，是那不勒斯最古老的城堡。传说罗马作家维吉尔（Virgil）在里面

帕尔泰诺佩大街上的维苏威大酒店

维苏威大酒店对面的蛋堡

放了一个蛋,他警告说如果蛋破了,城堡和那不勒斯都会消失。

维苏威大酒店面对大海,外立面也很气派,在顶楼餐厅看海更是令人心旷神怡。遗憾的是,可能是冬天淡季的关系,酒店竟然招揽了不少旅行团,不仅有些嘈杂,早餐质量也很一般。它的旁边也有大酒店,也许比它更好吧。

大酒店斜对面有一处圣母无玷喷泉(the fountain of Immacolatella),很有格调。我琢磨了多次,查资料才知道是巴洛克大师乔凡尼·贝尔尼尼(Giovanni Bernini)的父亲彼特罗·贝尔尼尼(Pietro Bernini)所为,他的合作者是米开朗基罗·纳克切利诺(Michelangelo Naccherino)。那不勒斯也是贝尔尼尼父子俩的家乡。

圣母无玷喷泉的背后,与之隔海相望的就是维苏威火山。每天清晨,我还是按习惯早起,跑下楼来,看海看山,每一天都是新的景致。

维苏威大酒店斜对面的圣母无玷喷泉

维苏威大酒店离那不勒斯的王宫（Palazzo Reale）、平民表决广场（Piazza del Plebiscito）和圣卡罗歌剧院（Teatro San Carlo）等市中心景点都不远，从大酒店后面的一条马路走到那里都只需要15分钟。

酒店前的帕尔泰诺佩大街周末热闹非凡，街边的酒吧和饭店看上去很有情调。我们忍不住去一家貌似日本料理的餐厅就餐，餐饮的质量不去说了，简直有坑蒙拐骗之嫌。

后来我们发现酒店后面一条街上有相当不错的饭店。这还是验证了我们的经验，专为旅客服务的、在热门景点的饭店往往不靠谱，因为它们的顾客一般只光顾一次。而深巷里的饭店往往是为本地顾客服务的，它需要回头客，如果餐饮质量不佳，很难正常营业下去。

四

我最感兴趣的是那不勒斯的老城区，但人们对它的评价比较复杂。

日本大宝石出版社出版的《意大利》描述道：

那不勒斯并不像传闻中那么脏乱，治安也没那么糟糕。不过最好还是摘掉金银首饰，只需带些必要的物品，轻装出发吧。

那不勒斯人的开朗让意大利人也感到吃惊。对于那些大大方方靠过来、漫天要价地向你兜售商品的那不勒斯人一定要小心。在意大利如果说到"那不勒斯货"，就意味着劣质商品或者假货。

在那不勒斯，令人吃惊的现象是交通堵塞以及汽车的喇叭声——当地人横穿马路的时候都不看红绿灯，如果你一直等红绿灯的话，可能一辈子也过不了马路。此外，那不勒斯的小胡同很多，很容易迷路。

新加坡APA出版公司出版的《意大利》描述道：

那不勒斯一直是意大利城市中的"逆子"，格格不入，被人抛弃，凌乱不堪，没人知道该如何对付它。那不勒斯是欧洲人口最为稠密的地方，极度贫困，失业率高，政府无能和团伙犯罪，它被视作意大利的"加尔各答"。

国家地理学会旅行家系列的《意大利》对那不勒斯做这样的描述：

那不勒斯没什么值得赞扬的——从古典时代起，许多诗人、画家赞美它是世界上最美、最宜人的地方之一——但那是在犯罪、贫困、污染、交通混乱造成破坏之前给人留下的印象。到了20世纪90年代后期，这些不良因素发展成城市的一把利刃，让所有的旅客（具有最坚定意志的人除外）望而却步。如今的那不勒斯在好几个方面都取得了进展，这座最富生机活力、最具意大利特色的城市正在变得更加宜人一些。

陈志华先生在《意大利古建筑散记》中写得更为感性：

假期的最后一天，我和马丁决定在那不勒斯再转几圈，主要是老区，一部分在伏末罗山的东坡，一部分在火车站到但丁广场之间。老区的范围比罗马的历史中心大多了，怎样来形容我们在老区参观的心情呢？又可怕，又愤怒。我问马丁："你记得恩格斯写的……"他立即接茬说："《英国工人阶级状况》。"我们想到一起去了。这里的情况跟150年前恩格斯描写的曼切斯特工人区简直一样，当然，房屋要好得多，都是砖石的，有一些看得出当年是挺有点派头的，一般是五六层，甚至七八层，但是，建筑总容积率和人口密度可是比当时的曼切斯特高多了。街巷非常狭窄且曲折，半空中密密麻麻地横着绳子或者竿子，叮叮当当地挂满了滴水的衣服，一层又一层，遮天蔽日，弄得本来就很幽暗的街巷更加阴沉。房子年久失修，灰皮剥落，门窗破败，阳台摇摇晃晃地歪着，雨水管子断裂，墙上洇了一大片水迹，长着墨绿色的霉苔。走进楼房底层黑洞洞的券门，一般是个小天井，抬头看，许许多多住户自己搭的小阁楼像鸟窝一样高高低低地吊着，有的是破木板的，有的不知是用什么东西搭的。天井里只有一线微光。地上堆得乱七八糟的，甚至有别处再也见不到的煤渣和白灰。

在这种环境里，人们的品性也沉沦得很恶劣。街巷很脏，垃圾不知有多少年没人打扫了，抛弃的车轮、冰箱和洗衣机都已经腐烂了。妇女们提着大墩布往电线杆子上甩，弄得漫天尘土。甚至有人在楼上窗口拍打地毯，半条巷子都呛鼻子迷眼。小贩们的食品摊毫无遮盖地暴露在这混沌的空气里，人们买一小勺煮芸豆，拿起来就吃。地面上纵横流着黏糊糊的黑色臭水，我们看见几个孩子在水里玩，一个小不点的女孩在阴沟里掏呀、掏呀，忽然掏出一块泥浆糊着的破布或者是别的不知什么东西，举起来，高兴得哇哩哇啦地叫着，跑着，引得一大帮孩子跟在后面追。

主教堂后面一条小街上有一溜半地下室，亮着刺眼的灯光，我们往里张望，原来是一堆堆的人在赌博，大叫大嚷，气氛非常紧张。还没看清楚，我们就警觉到，原来每扇门前都站着三两条大汉，长满了毛的胳膊上刺着青花。他们斜眼注视着我们，我们不禁后背发凉，赶快走开。转过几个街角，心情稍稍放松了点，马丁叫我看地上，几乎遍地是废弃的毒品注射器。我们彼此看了一眼，不敢多说，那种阴森森的气息压得我们有一种莫名其妙的恐惧。后来在伏末罗山半腰一个没有什么人的角落,我们才敢试一试,弯下身来原地转向,数一数注射器,竟有24支之多。一路上有好几次,遇见一些女青年,嘻笑着向我们打招呼,问要不要照相。从罗马到那不勒斯,这个地区的居民据说是血统最纯的拉丁民族,一向以出美人闻名,好莱坞的名牌红星多来自这里。她们确实长得很美,弹力针织衫紧紧裹在身上。我们怕惹事,笑一笑就赶快走开。回到罗马,一位哥伦比亚朋友拿出一叠照片给我看,都是他给那不勒斯女青年拍的,原来,她们可以把人带回家,不论照什么样的相,毫无保留。我问这位哥伦比亚人,她们都是些什么人?他说,都是好人呀,又热情又浪漫,是店员、职员、学生甚至是教师。他说:我爱那不勒斯,这地方真浪漫,总叫人兴奋。

那天回到旅馆,我们打开导游书一看,吓了一跳,那上面明明写着,为了安全,最好不到老区去,如果要去,就得结队,在中午前后,而且尽量不要招人注意。后来,我向罗马大学的鲁奇迪教授说起这次经历,她说:热那亚更糟,都是水手们搞的。

五

我就是带着这些成见去那不勒斯的。家人向来小心翼翼,所以我事先打了不少"预防针"。我们第一次去这些老城区时,觉得书上说的虽然大部分是事实,可并不觉得它不可接受,反而喜欢上了。

首先,我觉得那不勒斯比印度一些地区好多了,说它是意大利的"加尔各答"更是言过其实。印度一些地方才是让人觉得寸步难行,即便是首都德里,去它的贫民窟可真得需要勇气。那次我因为参观其他地方,只是往里面看了一下,但去看后回来的朋友脸色惨白,张口结舌,我就知道贫民窟太糟糕了。他们既然冒着酷暑去贫民窟,说明是有预期和忍受力的,但还是败下阵来。

那不勒斯老城区

其次，在我看来，今天那不勒斯的老城区就像是1970年代的上海弄堂，可能后者更干净些吧。我觉得很亲切，估计那些欧美游客来到1970年代的上海弄堂，与我今天在那不勒斯的感受是相似的。

我当年住在上海弄堂，虽然住得很局促，可当时还是很幸福的。今天，我虽然不会回去住当年的上海弄堂，但也不会很反感。

尤其是在异国他乡，我更是觉得那不勒斯老城区生气勃勃，到处洋溢着生活的热情。

我最诧异的是看到一家杂货店，里面的商品多到让人密集恐惧症发作。在我看来，这就是一个垃圾收集站。但转念一想，这家杂货店开在街道旁，周围肯定有人不喜欢它，但没人能强制店主关店。

那不勒斯是古罗马名城，我觉得今天的那不勒斯保留了当年古罗马城区的不少格调也未尝可知。

我们没看到吸毒的人和拉人回家的美女，但看到不少生动的生活场景。最有意思的是社区的一家面包作坊，地上到处是面粉，这时，一位男子端着一筐刚出炉的面包走过来，估计是拿去面包店卖。他见我很有兴趣，就示意我买两个吃一下，我当时一愣，谢绝了。但马上后悔了，应该买它几个尝尝，那可是新鲜透顶的面包啊。

六

既然逛老城区是如此高兴，我们第二天又去了，当然是结合相关景点边走边看。

我们先去收藏有卡拉瓦乔（Caravaggio）的《仁慈七行》的慈爱山丘教堂（Pio Monte della Misericordia）。这是一座八角形小教堂，游客可以坐在凳子上，清晰地观赏杰作。

按照常人理解，《仁慈七行》有七组画面，围绕在圣母玛利亚的周围。但卡拉瓦乔却利用想象力把这些破碎的行为构成了一个整体。

据卡拉瓦乔的艺术传记作者科尼格分析，在画面的左方，《旧约》中的大力士参孙正在用一块驴腮骨解渴。《士师记》第十五章写道：参孙甚觉口渴，就求告耶和华说："你既借着仆人的手施行这么大的拯救，岂可任我渴死，落在未受割礼的人手中？"神就使利希的洼地裂开，有水从其中涌出来。参孙喝了，精神复原，因此那泉名叫隐哈歌利，那泉直到今日还在利希。

参孙旁是一个房东正在向朝圣的基督使徒雅各展示一个房间。

雅各旁站着的中世纪早期的圣徒是来自图尔（位于法国中西部的城市）的马丁，黑暗中有个男子屈膝蹲坐在马丁的前面，他可能只是随意地半躺在地上，但被人误认为病人。前面还有一个半裸的男子，马丁将他的斗篷打开与之共享。

画面右边，一个年轻的女子将她的身体贴近一扇被装着栏杆的窗口，为了将自己的乳汁送到关押在里面的老人的口里。这个广为人知的主题叫"罗马女人的博爱"。

墙边我们看到一具尸体的腿，旁边一个看起来像个牧师的男人，手里举着一个正在燃烧的火炬，正在确认这一事实。

地面上没有玛利亚的落脚处，这就是为什么她会从天堂上降临来审视如何实施这些慈悲行为。下方的人们没注意到圣母玛利亚的存在，因为他们都在忙于救苦救难，如果他们抬头向上，就会发现圣母玛利亚和她的孩子被很好地保护了起来。他们盘腿坐在一对天使的身上，这对天使彼此拥抱着，扇动着精致的翅膀，盘旋而下。其中一位天使似乎将他伸出的手支撑在想象中的人类世

《仁慈七行》,卡拉瓦乔,1607年,那不勒斯慈爱山丘教堂藏

界的水平边界线上。

如果没有上面的解读,直观画面,还真是难以理解。即便我们知道这些知识,看画时还是有种谜一般的感觉,似乎进入了那不勒斯老城区的动荡生活。

那个博爱的罗马女人裙子上的褶皱、那包裹尸体的布以及祭祀者身着的长袍,这些细节的描绘手法是如此接近,没为那些质疑这幅作品是不是卡拉瓦乔真迹的声音留下任何余地。(埃博哈德·科尼格,《卡拉瓦乔》)

七

《仁慈七行》是我在那不勒斯看到的第一幅卡拉瓦乔绘画。

看到第二幅卡拉瓦乔的作品纯属偶然。那天我们在1536年就很有名的托莱多大街(Via Toledo)闲逛,看到了富丽堂皇的塞瓦洛斯-斯蒂利亚诺宫(Palazzo Zevallos Stigliano)。卡拉瓦乔的《厄休拉的殉难》就藏于此处。

《厄休拉的殉难》,卡拉瓦乔,1610年,塞瓦洛斯-斯蒂利亚诺宫藏

塞瓦洛斯-斯蒂利亚诺宫

这幅历史题材绘画尺幅很大，是卡拉瓦乔创作的唯一一幅非"圣洁"内容的作品。传说在德国科隆的城门外，圣女厄休拉（Ursula）拒绝了垂涎于她美色的匈奴军官，结果被一支箭所射杀。

画面的背景是黑夜，行凶者面目狰狞，仿佛刚从手中的弓弦上射出一支箭，而离他很近的圣女看着鲜血从自己的胸部喷出，月光下的脸庞安静祥和。她的身后有三个野蛮的士兵，朝上望的那个人是画家的自画像，类似的形象也出现在都柏林爱尔兰国家美术馆收藏的《犹大之死》中，没有戴头盔的头像在黑暗中脱颖而出。

有一种说法，它是画家的最后一幅作品。

八

托莱多大街是那不勒斯很经典的商业街，名牌店和金融商业机构林立，从老城区出来，顿时有一种奢华亮堂之感。

大街的尽头，圣卡罗歌剧院（Teatro San Carlo）的外立面正在装修。对面的翁贝托一世长廊（Galleria Umberto I）是一个以铁架和玻璃为主的建筑，建于1887—1890年间，和米兰的埃马努埃莱二世长廊（Galleria Vittorio Emanuele II）有点相似，只是比较小。我们对米兰长廊的印象很好，以为那不勒斯的也会不错，没想到里面正在修缮，没修缮的部分有些破旧，里面商家寥寥，让人大失所望。唯一的亮点是附近的街上站着一群老人，他们时不时引吭高歌，很意大利。

托莱多大街后面的小饭铺

翁贝托一世长廊

那天中午，我们在大街附近的一家小饭铺吃饭。猫途鹰说它很少有空位，我们去时果然如此。有意思的是本来就很拥挤的空间里，其他桌子都被朋友聚会给占据了，我们是唯一一桌散客。与这么多的当地人在小巷子里聚餐，好玩。这家饭馆的价格不高，但味道好，老板也很随和。

著名的托莱多地铁站（Toledo Metro Station）就在这条大街上，乘客在极深的自动电梯上享受星空般的体验，最绝的是头顶上巨大的"蓝宝石"变幻着色彩，这是2013年由国际著名艺术家威廉·肯特里奇（William Kentridge）和鲍勃·威尔逊（Bob Wilson）设计的，据说当时引起了世界性的轰动。其实，那不勒斯地铁站向来以标新立异见长，如1号线在车站中放置了大量现代艺术品，被称为艺术地铁线。

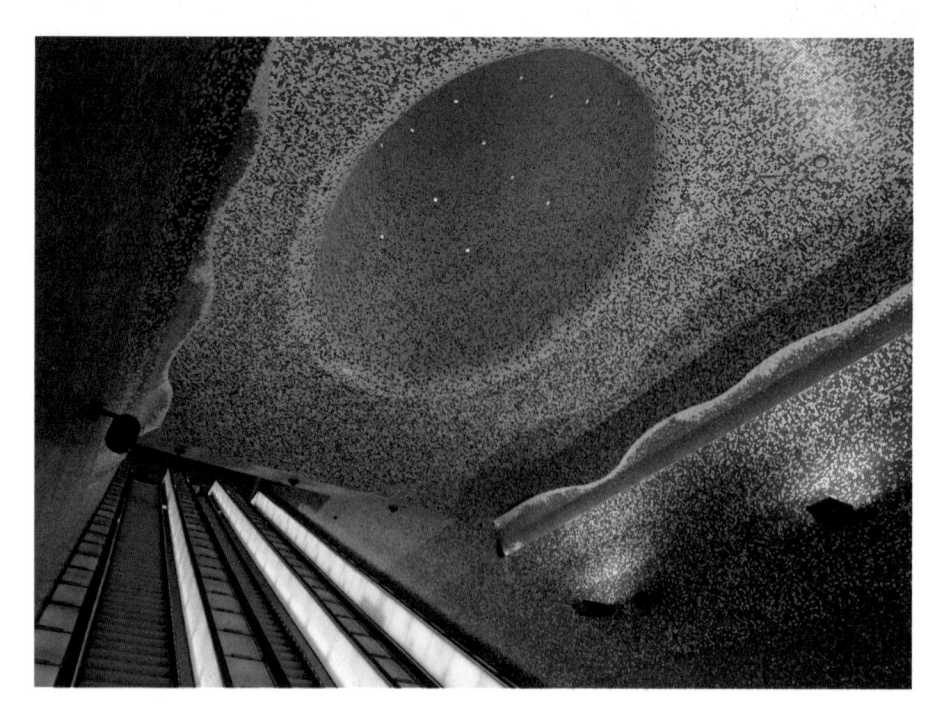

著名的托莱多地铁站

九

回到老城区，继续我们的那不勒斯艺术与历史之旅。

圣塞韦罗礼拜堂（Chapel of Sansevero）藏在巷子内，不起眼的外观让人无法想象里面竟然藏有稀世珍宝。

我们走进去时，正好遇到一个由说中文的意大利导游带领的中国团。毕竟是当地人，意大利导游的解说还是有些内容的。可是，我觉得她可能不想复杂化，没介绍礼拜堂的主人雷蒙多·德·桑格罗（Raimondo di Sangro）的生平。但我认为，如果不晓得他，就很难真正理解这间小礼拜堂的艺术品，而绝大多数的教堂或礼拜堂的主人确实没必要知道。

雷蒙多1710年出生于托雷马焦雷（Torremaggiore），这里是他家族的管辖领地。父亲安东尼奥是托雷马焦雷公爵，母亲塞西莉亚·加埃塔尼来自阿拉贡。

雷蒙多出生几个月后，母亲就去世了，随后他被交给祖父保罗养育，他在那不勒斯的学习也是由其祖父资助的。由于他思维活跃，阅读广泛，家人决定把他送到文化底蕴深厚的克莱门汀耶稣会学院学习。教授雷蒙多的老师擅长数学、透视法和流体静力学，但雷蒙多放弃了精确严肃的学科，而是依据自身天赋和兴趣学习了文学、哲学、法律、纹章学、烟花制造术、水利工程学和炼金术。

1729年，克莱门汀耶稣会学院在审阅了许多有关庭院舞台重建的设计方案后，选择了雷蒙多的设计——他用绳子和玫瑰花修建了一个舞台，看上去像一本折叠的书。

雷蒙多年纪轻轻就继承了家族头衔和遗产，并掌握了势力庞大的家族权力。他回到罗马之后，娶了自己的表妹——阿拉贡的卡洛塔·加埃塔尼为妻。

1734年，西班牙波旁王朝重新把那不勒斯定为西西里王国的首都，波旁的卡洛进驻那不勒斯，听说了雷蒙多的聪明才智后，卡洛立即任命他为众议院绅士（Gentleman of the House），并授予他圣热纳罗皇家骑士团（Royal order of S. Gennaro）骑士的头衔。此外，教皇克莱门特十二世还准许他阅读被禁书籍。在那些年里，雷蒙多专注于学习和发明：有根据弹药和空气压缩原理制作的单筒猎枪、可以把水压压到很高的液压机、高于平均射程并具焰火表演效果的轻型加农炮。

作为建筑和军事艺术专家，雷蒙多呕心沥血多年完成了一部《地球字典》（Dictionary of Earth），并为步兵写了一本实用的《军事演习步骤详解大全》。这本书非常有价值，它因清晰简洁的语言而被广泛阅读，受到普鲁士皇帝费德里克二世的高度赞扬。作为一名勇敢的军人和卡皮塔纳塔军团的上校，1744年，雷蒙多参加了对抗奥地利的韦莱特里战役。

军旅生涯末期，他又投身到众多的兴趣爱好中，并做出了很多杰出的发明，包括薄薄的防水布、水陆两栖战车，以及他向当时的学者多次写信提到的神奇的长明灯。

雷蒙多的朋友安东尼奥·杰诺维西评价他是一位乐观洒脱的帅哥，同时又是一位心灵的哲学家。杰诺维西是一位语言大师，精通梵语、希伯来语和古希腊语。

雷蒙多因积极参与那不勒斯共济会而出名，并成为共济会会长，后来被教皇逐出教会。

雷蒙多被很多人嫉妒，在失望痛苦之际，本笃十四世教皇撤回了将他逐出教会的命令。由于对现状伤心失望，雷蒙多将全部精力放在学习、发明创造和家族礼拜堂的修建上，直至1771年去世。

十

圣塞韦罗礼拜堂也叫圣母怜子堂，始建于1590年。雷蒙多则以洛可可风格重新装修，还邀请雕刻家制作不同的雕塑，并把墓室装饰一番，以颂扬不同人物的美德。

有三件雕塑值得一提。

第一件是安东尼奥·科拉蒂尼（Antonio Corradini）的《纯洁》（1752年）。

这件雕塑是为了纪念雷蒙多的母亲制作的。尽管科拉蒂尼曾创作过很多戴面纱的人物，但这件作品无疑展现了他精湛而完美的技艺。雕塑利用面纱优雅地塑造出被包裹的女子的形体，好似香薰中的蒸汽使轻纱受潮而格外服帖地粘在皮肤上，腰间围绕着的玫瑰更凸显出女子的高贵。

逝去的凝望的双眸、美好的生命的躯体，以及断裂的石碑都象征着生命的短暂，也表达了雷蒙多作为儿子的苦痛，他希望能够将母亲年轻的形象和高尚的品德永远地保留下来。底座上的浮雕描绘了福音书中"不要碰我"的故事，雕刻者借此说明痛苦在任何人身上都存在。

碑文如下：

愿劳伦扎诺公爵尼科洛与比西尼亚诺公主奥洛拉·圣塞韦罗的女儿，托雷马焦雷公爵安东尼奥·德·桑格罗伟大的妻子，阿拉贡的塞西莉亚·加埃塔尼永远安息。我们歌颂她平易近人的性格、优雅的风度，她的聪明才智、宽厚仁爱、虔诚和忠诚，这些优点足以让她闻名于世，成为各个时期人们追求的女性典范。她于1710年12月26日去世，年仅20岁。她的儿子雷蒙多亲王竖起了这座纪念碑来怀念他那无与伦比的母亲，以便使后人也能记起她美好的德行。

《纯洁》，安东尼奥·科拉蒂尼，1752年，圣塞韦罗礼拜堂藏

第二件是弗朗西斯科·奎洛罗（Francesco Queirolo）最得意的作品：雷蒙多委托他为自己热爱冒险而又备受折磨的父亲安东尼奥制作的雕像《醒悟》。事实上，自妻子塞西莉亚早亡之后，安东尼奥就过起了混乱无序的生活，还把儿子交给父亲抚养。厌倦了这种毫无意义的生活之后，安东尼奥返回那不勒斯，在那里如教徒般安宁地度过了人生最后的岁月。

这件雕塑表现的是一个人从象征着罪恶的网中解脱出来。它所使用的材质是浮石，由于当时的工匠都不擅长打磨这种材质的艺术品，所以任何人都不愿触碰雕塑身上精密的网，以防它烂成碎片。一个长着双翼的小天使帮助那个人从错综复杂的网中解脱出来，小天使的头上有一处小火苗，这是人类智慧和宗教热情的象征。他的脚下是一个地球仪，翻开的圣经象征着"光明"的共济会标志。基座上是朱塞佩·圣马蒂诺（Giuseppe Sanmartino）制作的浮雕画，画面描绘的是福音书里"基督令盲人复明"的场景。

碑文如下：

圣塞韦罗亲王保罗的儿子，托雷马焦雷公爵安东尼奥·德·桑格罗，他的能言善辩、聪明才智和不可胜数的美德令人敬佩。青年丧妻后，他不得不过上了独身的生活，在年少时期梦想的激励下，他踏上了去欧洲的旅途，从此远离故土。但最后他意识到了自己的错误，返回故乡后他成了一位牧师，同时也成了这个修道院的院长。他1757年9月8日去世，终年72岁，当时他已成为一位非常虔诚的圣人。这表明，没有弱点，人类就不可能展现其最崇高的美德。他的儿子雷蒙多亲王希望这一点能写进父亲的墓志铭，以纪念其父亲和正义。

《醒悟》，弗朗西斯科·奎洛罗，1753—1754年，圣塞韦罗礼拜堂藏

前两件雕塑固然精彩,可礼拜堂中心地上躺着的《蒙纱的基督》让它们黯然失色。

这件雕塑先前已由《纯洁》的作者科拉蒂尼制作了陶泥模型,藏于那不勒斯圣马蒂诺博物馆里。科拉蒂尼去世后,雷蒙多委托年轻的那不勒斯雕塑家朱塞佩·圣马蒂诺来制作这件作品。

圣马蒂诺没有将过多的注意力放在科拉蒂尼制作的模型上。与雕塑《纯洁》一样,圣马蒂诺的作品只是在面纱的制作上体现了科拉蒂尼的风格,他本身具有的巴洛克晚期的风格和情感则透过纱巾的飘动和纱巾所蕴含的意义表现出来,但这与科拉蒂尼的创作理念已相去甚远了。

圣马蒂诺以其对艺术的敏感,雕刻出脱离灵魂的肉体,柔软的床榻仿佛是带着解除痛苦的慈悲之心承载着耶稣的躯体,轻纱上富有规律的褶皱似在说明耶稣生前遭受的巨大折磨和痛苦,覆盖着殉难躯体的灰白的轻纱使耶稣的四肢显得更加清晰,也更加僵硬。雕塑中,耶稣前额肿胀的血管似乎还在有规律

《蒙纱的基督》,安东尼奥·科拉蒂尼制模,朱塞佩·圣马蒂诺制作,
1753 年,圣塞韦罗礼拜堂藏

地跳动着，被钉子刺穿的瘦弱的手脚以及身体边缘的凹陷部分由于死亡而最终松弛下来。雕塑家没有墨守成规地去过度刻画这些部分，却小心翼翼地"刺绣"了轻纱边缘的细节，并将更多的精雕细琢放在表现情感的耶稣脚边的荆棘上。在耶稣转化成全人类命运与救赎的象征之际，圣马蒂诺的艺术作品也超越了自身的形式和意义，变成了探究生命开始与结束的最动人的呼唤。（Macci. Chapel of Sansevero Museum）

伟大的意大利雕刻家安东尼奥·卡诺瓦（Antonio Canova）曾感叹如果他能成为圣马蒂诺，愿意用十年生命来交换。他说的并非夸张。我曾在罗马的博盖塞美术馆看到过卡诺瓦的杰作《保丽娜·博盖塞》塑像，当时觉得他能将坚硬的大理石床榻处理得如此柔软而感到惊讶。但到了圣塞韦罗礼拜堂，发现大理石竟然能做到薄如轻纱，还能表现皮肤的透明感，极为震惊。

我很想将《蒙纱的基督》的细节拍下来，与大家分享。但礼拜堂中央站立着一位彪形大汉，虎视眈眈地看着我们，绝不允许拍照。我只能采用了礼拜堂官方指南的一张照片，但与真正的作品相差得太远太远。

我们当时很想看圣马蒂诺的其他作品，但获取不到任何讯息。后来看到孤独星球的《意大利》说圣卡罗剧院旁的王宫（Ralazzo Reale）的皇家教堂里有件18世纪创作的耶稣诞生场景以及马槽塑像作品，由那不勒斯多位著名艺术家共同创作，其中就包括圣马蒂诺。

于是我们在黄昏时分来到王宫，王宫极为庞大，却几乎没有游人。我们直奔皇家教堂找圣马蒂诺的塑像作品，但没找到，问教堂里的工作人员，也说不知道。我们到走廊里问其他工作人员，答案还是没有。唯一的可能是他们不知道圣马蒂诺这位艺术家，但可能性很小。

十一

礼拜堂地下室是椭圆形的,这里被雷蒙多称为"洞穴"。按照原计划,雷蒙多想把这里扩大以埋葬他的子孙后代。但不知何种原因,这个计划一直没有实施。地面上是一块长方形的大理石板,雷蒙多曾把《蒙纱的基督》放在上面,并用他自己发明的长明灯一直照耀着它。

不远处有两个大玻璃柜,里面放置着两具直立的男人和女人骨架,它们是由朱塞佩·萨莱诺(Giuseppe Saleron)按照雷蒙多的意愿放置的。人体上的血管和筋脉在200年后仍然被保存得十分完整,这些令人震惊的技术和制作材料至今仍是一个未解之谜。18世纪的记者把它们称为解剖的人体,当时的流行说法是他们是雷蒙多的仆人的遗体。据说,这两具尸体里都注射了一种神秘的液体,它可以让血管和筋脉变得像石头那么硬。我们暂且不理会传闻,今天仍然没人能发现制作这些干尸的方法。令人惊讶的是,当时的解剖知识尚不十分完备,但人体的循环系统已经被做得极为精确了。

并不是所有人都是佩服雷蒙多的,据意大利的一位20世纪的哲学家研究,雷蒙多对那不勒斯的许多事物有一种(与魔鬼结盟的)浮士德式的狂热,他还用7位红衣主教的骨与皮制作家具。

两具直立的男人和女人骨架,18世纪,圣塞韦罗礼拜堂藏

十二

圣马蒂诺修道院（Certosa di San Martino）在安茹王朝的1325年开始动工修建。1551年，来自佛罗伦萨的乔凡尼·安东尼奥·多西奥将修道院改成15世纪的风格主义的建筑。1623年，柯西莫·凡扎戈将其加以完善成今天巴洛克风格的优秀建筑，内部则装饰有名家制作的彩色大理石和拉毛粉饰画，此外还有一些优秀绘画。

圣马蒂诺修道院与一般的修道院结构没有很大的区别，都有入口的庭院、教堂、圣器收藏室、唱经楼、牧师会礼堂、餐厅、舒适的住宅区和回廊。

修道院里各建筑之间的衔接可以说相当完美，除此之外，内部美轮美奂的装饰也令人印象深刻。值得一看的是里面的大回廊（Chiostro Grande），这座14世纪的建筑在多西奥的修建下又增加了一条开放式的方形走廊，走廊的拱门刻满了浮雕，下面由白色大理石石柱作为支撑。后来，凡扎戈在里面增加了一些装饰，并修建了一个小墓地。

修道院博物馆收藏了记录那不勒斯公国历史的大量纪念品，分为海军陈列品、地质和服饰三个展区，艺术画廊里收藏了15—19世纪的绘画作品。此外，博物馆还收藏有15—17世纪的雕刻艺术品、维苏威火山纪念品、微型艺术品和修道院纪念品。

修道院博物馆内的17—18世纪的耶稣诞生场景的艺术作品摆满了5个展馆，其中的库奇涅洛大型马槽雕塑堪称世界最大。

对18世纪的那不勒斯贵族和资产阶级人士来说，马槽雕塑很容易将信仰和自我联系在一起，这既是财富和崇高品位的象征，又反映了对耶稣奇迹的思考。制作雕塑的都是技艺精湛的雕刻师，使用的都是最好的材料。就连皇室也

圣马蒂诺修道院大回廊

圣马蒂诺修道院开放式的方形走廊

参与其中，波旁王朝的查理三世就请备受尊敬的马槽雕塑专家、多米尼加修士罗科神父创作了5000尊马槽雕塑。（孤独星球编《意大利》）

　　修道院是观看那不勒斯维苏威火山和海湾的最佳地点，最让我感慨的是，维苏威火山周围和山上到处是房屋，火山最近一次喷发是在1944年，沉睡的火山什么时候再次醒来？这里的人不害怕吗？

圣马蒂诺修道院是观看维苏威火山和海湾的最佳地点

十三

　　我们从圣马蒂诺修道院到处是碎啤酒瓶的石头阶梯缓缓走下，然后坐地铁去老城区的圣嘉勒教堂（Basilica di Santa Chiara）。

圣马蒂诺修道院到处是碎啤酒瓶的石头阶梯

哥特式风格的圣嘉勒教堂始建于14世纪的安茹王朝，是罗伯特王（Robert of Anjou）虔诚的妻子、马略卡岛的珊西亚命人建造的。1943年，教堂遭到盟军轰炸，损坏严重，后来重建。

教堂的正门与三个柳叶刀式的拱门立在一处门廊的后面，正门上方装饰着一个大大的玫瑰窗户。左边不远处矗立着一座雄伟的钟楼，它的建造时间可以追溯到1604年，是在14世纪的老钟楼倒塌之后建造的，倒塌的钟楼只留下了下面的部分。

圣嘉勒教堂由三个正厅构成，唱诗班所在的区域里还保留着14世纪的雕塑真品，其中一面墙壁上仍然可以看见雕刻着耶稣被钉十字架的壁画片段。教堂的内殿里有安茹王朝的明智君王罗伯特（Robert the Wise of Anjou）的雕像，它是佛罗伦萨的雕刻家乔瓦尼（Giovanni）和帕西奥·贝尔蒂尼（Pacio Bertini）在1343—1345年间为教堂创作的。

圣嘉勒教堂

　　我关注的焦点是教堂对面的嘉勒彩陶修道院，它非常宽敞的回廊与圣坛相连，露天走廊的拱门建造于14世纪，拱门下面矗立着八角形的石柱。

　　1742年，处于艺术成熟期的多米尼克·安东尼奥·瓦卡罗（Domenico Antonio Vaccaro）通过在回廊中间的空地上增设喷泉、长凳和藤架，把那里改造成了一个充满乡趣的小花园。

嘉勒彩陶修道院

　　石柱和长凳上的彩釉瓷砖装饰是由那不勒斯的朱塞佩（Giuseppe）和多纳托·玛莎（Donato Massa）兄弟俩创作的，它们与回廊的彩色主题及其周围的建筑和自然事物十分般配。

　　在此之前，我看过高迪在西班牙巴塞罗那的瓷砖艺术，这次觉得嘉勒修道院的彩陶也能把花园装点得很别致，极富情调。

　　据说，修道院的圣坛上画有《哀悼基督》，是绘画大家乔托在那不勒斯创作的大量作品中唯一一幅保存下来的壁画。

　　可惜我当时不知道，也许根本就没开放，反正我错失了观赏它的机会。

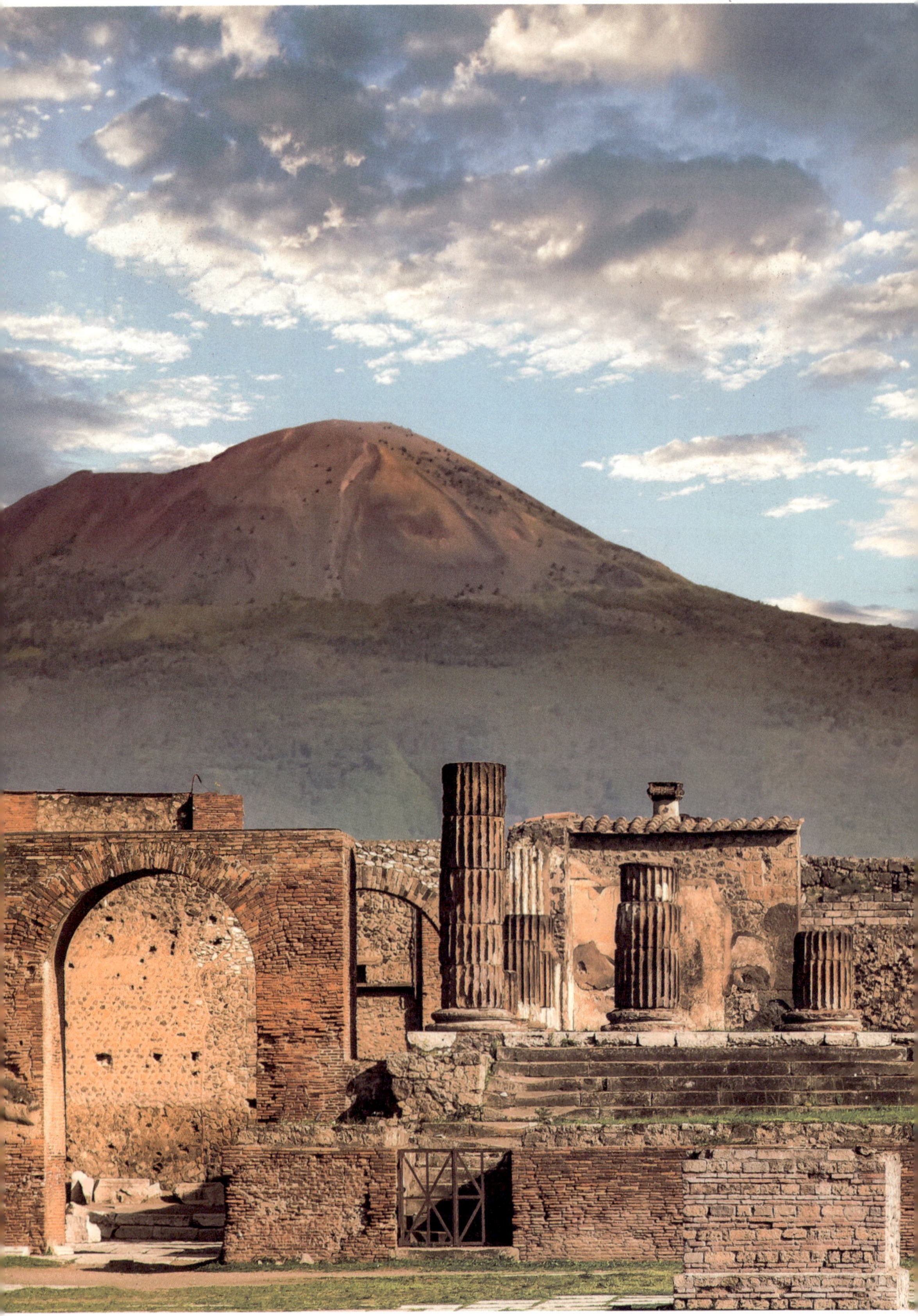

第 二 章

古城庞贝的前世今生

不管是今天还存在的大城市的罗马广场（废墟），还是小城市的庞贝广场，这里总是人潮汹涌，也是城市中最生气盎然的地区之一。

一

来那不勒斯，必须去庞贝（Pompei）。

那不勒斯附近其实也有几处不错的景点，卡普里岛（Isola di Capri）的蓝洞（Grotta Azzurra）据说很梦幻，来那不勒斯之前我做了充分的准备，但最后因时间关系没去成。

庞贝则是无论如何也要去的。我青少年时期就对庞贝入迷，后来看了不少相关的书籍。有意思的是，我对有关庞贝的畅销小说一页都看不下去，但更喜欢考古与历史揭示的庞贝。

刚在多雨的西西里待过，深知阳光对观赏废墟古迹的重要性，只要是确凿无疑的大晴天，就选择这天去吧。

意大利人的英语很糟糕，最糟糕的是西西里人，那不勒斯人好些，可沟通仍然不方便。我们问那不勒斯火车站的一家铁路公司的人如何买去庞贝火车站的票，他对着我们比画了几下。我们按他的比画去找了一圈，没找着，又去问他，他还是用手势比画了一下，我着急了，拖着他下楼，硬是找到了去庞贝的售票处。坐火车去庞贝古迹要到一个类似地铁运营窗口的地方买票，目的地

斯卡威车站　　　　　　　　　　　前往庞贝的火车类似地铁

是斯卡威（Scavi），车站前就是古迹的入口。

前往庞贝的火车类似地铁，时间不长，经停的车站却不少。令人哭笑不得的是，其中的一些站点名被涂鸦了，根本没法看清，好在我们根据谷歌地图，能确认何时到达斯卡威下车。

过去我们在欧洲坐火车，最大的麻烦是搞不清何时下车，列车报站名未必听得清楚，有了谷歌地图就不成问题了。

二

公元1世纪中叶，庞贝是一个繁华的农业和商贸小城，人口约2万。庞贝附近海拔1281米的维苏威火山"绿阴如盖，布满了牧场、庄稼和葡萄园，山顶周围的灌木丛中时常有猎物出没"（戴尔·M·布朗，《庞贝：倏然消失了的城市》）。至此，火山周围的居民与它相安无事了1000多年。

1000多年来，来自地球内部的巨大压力不断聚集，非洲大陆板块和欧亚大陆板块以每年2.54厘米的速度相互挤压，它们之间的碰撞产生了维苏威火山和意大利西岸的一系列活火山，最著名的是西西里高耸入云的埃特纳火山。

公元62年，禁锢已久的压力突然释放，庞贝附近成为地震的震中，许多公共建筑、道路和房屋倒塌，很多人丧生，城市破坏严重。

当时的罗马皇帝尼禄曾考虑是否放弃损坏严重的庞贝，但当地人民还是想方设法让庞贝重新站了起来。

公元79年8月初，维苏威火山周围的地区发生多起震颤，8月20日，该地区发生了一次震级不高的地震。当时人们没有将它与维苏威火山联系起来，但一些人想起了17年前的地震，开始整理行囊，撤往安全地带。

8月23日夜晚或24日清晨，火山灰开始从火山口溢出，下风处的地上铺上了一层薄薄的火山灰。开始时好像一切尽在掌控中，但在下午1点钟左右，火山猛烈爆发，灾难降临。

三

我们今天能对维苏威火山的爆发过程有详尽的了解，端赖小普林尼在两封著名书信中的描述，这是写给古罗马杰出的历史学家塔西陀的，这时距离火山爆发已经过去26年了，但因记忆实在深刻，所以他的记述还是相对可靠的。

火山爆发时，还是少年的小普林尼并不在被摧毁的庞贝，他在米塞努姆，位于那不勒斯海湾对面喷发中心约32千米处。

当时，他与母亲在舅舅老普林尼家中生活，老普林尼不仅是当地的罗马舰队司令，也是知名的古文物研究者和科学家，著作颇丰。

8月24日，刚过晌午，普林尼的母亲注意到"一片大小与外观异乎寻常的云"从维苏威火山的方向飘来，经过海湾向东而去，她叫哥哥关注此事。老普林尼赶紧登高远望，观察"像一棵金松"似的云。

老普林尼只是好奇，可很快就收到灾区求救的信息。他命令舰队出发救援，自己也登上一艘船亲自前往，他曾邀请外甥一同前去，但小普林尼有着不同于同龄人的审慎，以做功课为由拒绝了。

老普林尼赶到了危险地带。

火山灰已开始下落，随着船只的靠近，灰烬变得更加炎热和浓厚，随之而来的少量浮石和熏黑的石块被火焰烧焦乃至爆裂，之后它们又突然间落入浅水区，海岸因山上的废石残片而堵塞。（罗伯特·柯布里克，《罗马人：地中海霸业的基石》）

老普林尼没有听取舵手返回的建议，而是改道前往更宽阔的海湾过夜。

小普林尼日间还在按平日的习惯生活学习，地震在夜间变得十分强烈，母子俩只能在房前的院落中避难。因为老普林尼没回来，他们不愿撤离。但到黎明时分，在老普林尼的一位朋友的劝说下，决定离开城里。

路上，即使地势十分平坦，但马儿不听我们的指挥，开始向不同的方向跑去，甚至当我们将马车用石块固定后仍然无法使之停止不动。我们还发现海水明显因地震而退去：无论怎样，海水从海边撤退，令大量海洋生物滞留在干涸的沙滩上。陆地一侧，一片可怕的乌云被突发的火焰划破，撕裂后露出巨大的火舌，如规模放大的闪电之光。

之后不久，乌云向地面沉落并笼罩了海面，它将卡普里完全遮住，导致米塞努姆海岬浑然不见……火山灰已开始落下，但仍然不是十分浓烈。我环顾四周：我们身后有一片浓密的乌云袭来，如洪水般覆盖大地……虽然重现一束光，但我们认为这是火势在扩散而不是日光。然而，火势仍在较远处，随后黑暗再次来临，灰烬重新开始落下，但这次是像强阵雨般下落，我们间或站起来抖落灰尘，否则会在其重量下被埋没。

最后，黑暗逐渐淡去，浓烟或乌云也渐渐消散，日光随之而来，太阳也真切地露出来，但就像日食时一样泛黄。我们惊恐地发现一切都发生了变化，均深埋在雪堆般的灰烬中。（罗伯特·柯布里克，《罗马人：地中海霸业的基石》）

不幸的是，老普林尼因浓烟阻塞气管窒息而死。

维苏威火山喷发了大约18个小时，然后开始减弱，但是，火山灰在这一地区飘落了几天之久，使得庞贝等地区从人们的视野中消失。

庞贝居民中大约有90%得以及时地撤离，许多人在随后的几天或几周内重归故里，其中一些人挖掘自己倒塌的房屋，找回了许多贵重物品，在这个过程中，也许把不属于自己的东西也归入自己的腰包。后来的考古学家发现，一些建筑中的雕像、墙壁上的大理石护面和其他装饰品均有被掠夺过的痕迹。

还有人计划重建庞贝，但最终还是不了了之。

虽然维苏威火山的山脚下其后还是建造了一些城市，可火山沉寂了1000年之久后，1631年又一次猛烈喷发，烈度与公元79年的那次不相上下，几乎摧毁了这些城市，约有1.8万人死于这场灾难。

在此之后，庞贝几乎已经从人们的记忆中消失了。

直到1748年，人们首先在庞贝发掘出一幅上面饰有水果和鲜花的壁画，接着出土了一具身边散落着银币和铜币的男性遗骸，显然，他是在收拾钱财，试图从致命的火山喷发中逃生。

1763年8月，工人们意外地发现了带有"庞贝"字样的铭文后，最终得以确认这座消失了1000多年的古城。

四

庞贝古城有6个城门，我们今天进入的是主入口海门（Porta Marina），也就是面朝大海的门。庞贝城所处的丘陵的左侧就是大海。

海门曾有两条拱形通道，一条走人，一条走牲口和车辆，后来合而为一，仍然是拱形通道。我们沿着它走了一段路，在右侧会见到巴西里卡（Basilica）或长方形廊柱大厅，这是古罗马的传统建筑，最初是古代的会堂，是带屋顶的，主要用于商品交易和司法管理，所以，也可称之为交易所和交际的场所，最后演变成了基督教的教堂。

庞贝古城主入口海门

古罗马传统建筑巴西里卡（长方形廊柱大厅）

　　我刚从西西里岛来，总感到这里的大会堂遗迹类似于岛上的希腊建筑（神庙），再想象一下教堂的建构形式，基本上复原了当年的模样吧。

　　当年，在这里的台阶上应该有与其他罗马帝国的巴西里卡（比如首都）一样的众多"讼师"，他们在巴西里卡开门前，在广场周边出没，四处寻找委托人和案件。古罗马人对他们印象不好，称之为"讼棍"，因为他们个个能吹会侃，却不善于打官司。他们最擅长的是欺骗头脑简单没受过教育的委托人。

　　古罗马法庭审理的大多是鸡毛蒜皮的案子，审判时允许旁听，所以这里的巴西里卡常常挤满了大批观众。

五

　　大会堂在庞贝广场的西南角，出了大会堂，就是古城最壮观的广场。

　　广场周围分布着服务于公共生活的宏伟建筑，如重要的神庙、市政建筑、市场或各行各业的交易场所。

庞贝广场

今天长方形的广场干干净净，只有游人在漫步。庞贝广场与所有的古罗马广场相类似，它们是市场，不是中国式的政府广场。我记得1989年的春晚，姜昆说天安门广场变成了自由集市，大家都乐，认为是天方夜谭，可庞贝广场就是这么个样子。

不管是今天还存在的大城市的罗马广场（废墟），还是小城市的庞贝广场，这里总是人潮汹涌，也是城市中最生气盎然的地区之一。《原来，古罗马人这样过日子！》的作者阿尔贝托·安杰拉认为，广场是一架社会时钟，最拥挤的时刻大概是早上11点，因此，人们常依据广场是半满、四分之三满或全满来预订约会的时间。

安杰拉这样描述古罗马的广场：

庞贝广场上的雕像

广场等同罗马时代的日报，你在这里可以听到各路消息，找到想要高谈政治的人、对最新的税法感到不满的人、一些知道政府内幕消息的人。然后，你会碰到某人，他的兄弟在军团里服役，他会告诉你某些军事活动的进展，你甚至会碰到一名士兵，对你描述一场战役的内幕。更别提即将举行的格斗士搏斗和战车比赛，或是社会焦点所在的显赫家族的八卦消息。总而言之，路过一趟广场就像翻阅了一叠报纸，有财经版、运动版、政治版和影剧版。（阿尔贝托·安杰拉，《原来，古罗马人这样过日子！》）

六

庞贝广场最引人注目的是北端的朱庇特神庙（Temple of Jupiter），最初建于2世纪末，当年每个罗马殖民地都渴望成为小罗马，都认为有必要建一个卡匹托利姆——供奉罗马卡匹托尔山的朱庇特、朱诺、密涅瓦等神祇的神庙，于是，它自然会成为城市最重要的神庙。

庞贝人每年1月1日都会在朱庇特神庙前庆祝罗马新年，他们佩戴着花环和月桂树树枝，把一头公牛献给朱庇特，然后进行运动、欢宴和饮酒等狂欢活动。

据说庞贝市民其实对朱庇特并不那么敬畏，公元62年的大地震摧毁了朱庇特神庙后，他们并没将之修复。

人们在神庙的内殿发现了朱庇特的头像，现藏于那不勒斯国家考古博物馆（Museo Archeologico Nazionale）。

朱庇特神庙

《庞贝的生活与艺术》的作者奥古斯特·毛乌对这尊朱庇特像的评价是：

庞贝神的脸部同样展示了伟大的意志力，它是由警觉的、包容一切的心灵主宰着的意志。前额伸展成宽宽的拱形，线条分明的眉毛下，眼睛大睁，注视着前方。在面部自由奔放的线条中，清楚表露出明晰而易于理解的强大人格。这一人格没有沉迷于神秘的、对自身的沉思默想中，而是密切地关注着发生在远方的事态，可能下一刻那里就需要他的干预。他的上嘴唇向上翘着，流露出兴奋与期待的神情。在庞贝，艺术家的理想型国王是贤明、强大的，他那警觉的、看护一切的眼睛看向王国的最远处。

朱庇特像

有意思的是，德国考古学家毛乌将收藏在梵蒂冈博物馆的另一尊半身像与它作了比较，认为庞贝的更像是一位统治者，梵蒂冈的朱庇特更有诗意，更具有神性。

毛乌在19世纪末长达25年的岁月中一直在遗址工作，为庞贝的研究作出了跨时代的贡献。

朱庇特神庙双层高台上的几根残柱在身后的维苏威火山的映衬下格外美丽。

七

坐落在庞贝广场的西边、巴西里卡大会堂旁的阿波罗神庙（Tempio di Apollo）是一群庞大的宗教建筑群，它最早建于公元前6世纪，是希腊殖民者所为。现在的建筑结构不早于公元2世纪。

阿波罗神庙

广场上的第三座神殿是韦斯巴芗神庙（Tempio di Vespasiano）。韦斯巴芗是罗马第二个王朝弗拉维王朝（公元69—96年）的开创者，他恢复了公元68年自杀的罗马皇帝尼禄后的国家秩序，深受罗马贵族的欢迎。现在著名的罗马圆形斗兽场就是他的手笔。

由于罗马展开了大规模的城市建设，所以韦斯巴芗提高了税收，开拓了税种，包括公共厕所税。他的儿子提图斯反对这么做，韦斯巴芗就拿一枚钱币放在儿子的鼻子底下，问他臭不臭，儿子说不臭，父亲说这枚钱币就是从厕所里拿来的。于是，"铜钱不臭"成为韦斯巴芗统治的代名词。

韦斯巴芗死于公元79年6月23日，死后被封为神，2个月后，庞贝被毁。这时韦斯巴芗神庙仍没有竣工。

在神庙的正前方，有一方大理石祭坛立在院子中央，祭坛的四周饰有浮雕，其中有一个栎树花冠，两边各有一个传统的月桂花冠。公元前27年，元老

韦斯巴芗神庙

院投票决定，奥古斯都住的房子门上应该挂上公民花冠（它由栎树叶编成，用来奖赏因拯救罗马公民性命的士兵），门柱上应有月桂桂冠。从此，公民花冠和月桂花冠就成了皇家标志。

正面的一座浮雕描绘的是用公牛做牺牲的献祭场面，祭司头戴披巾，在手执祭器的侍者的协助下，正在往一个三脚台上酹酒。他身后站立着手持束棒的侍从和两个吹笛子的乐师，前面站着一个强壮的杀牲执司，手持双刃利斧，正在等着别人把公牛牵过来宰杀。画面的背景就是这个院子里的小神庙。

按古罗马的惯例，对一个活着的皇帝而言，公牛是合适的祭品，但死后神化的皇帝要用阉牛祭奠。

由此推理，神庙造于韦斯巴芗生前。由于韦斯巴芗为人谦恭，生前不允许人们将他作为神崇拜，该神庙的敬献对象也许是作为守护神的韦斯巴芗。

有人指出了更为确切的建造时间,那是在公元62年庞贝大地震之后,市民们为了赢得皇帝的好感从而发动捐款,才修建了这座神庙。但韦斯巴芗对此无动于衷,反倒在行将就木时对崇拜皇帝的做法嘲弄不已,说:"哎呀!我觉得我正在变成神。"

八

韦斯巴芗神庙的两侧是欧马齐娅楼(Eumachia)和公共家神所(Lararium),公共家神所包括一个宽大的露天庭院和一座规模不大的后殿。当年这里因为熏香烟雾缭绕,我从解说器中听到了一个新颖的说法,熏香是为了消毒,因为来此地拜神的人大多体弱多病。

古罗马的城市和家庭都有自己的守护神,奥古斯都曾命令,就像在家庭神龛中供奉家神一样,他应该与各个城市的守护神一起接受供奉。于是在每一个城市中,这位皇帝都被视作父亲、所有家庭的共同首领,既然每个家庭都有家神神龛,城市也应该有公共家神所。

公共家神所

在后殿的神龛底座上，手拿一杯奠酒、头披宽袍的就是奥古斯都本人的塑像。

欧马齐娅是妓女和洗衣妇的保护神，欧马齐娅楼里基本上是空空荡荡的，我印象深刻的是有一间房里据说有个大的容器用来收集人尿，洗衣工们用这些尿液洗涤织物上的油渍。

欧马齐娅楼内部

九

公元前179年，在扩大的鱼市旁，罗马建造了第一座食品市场，接着在意大利的许多城市和行省都建起了食品市场。

庞贝广场东北角的食品市场（Macellum）院子中曾经有一座12角形的尖顶建筑，四周支撑着12根柱子，柱子安放在12个墩子上。这里曾经是鱼市，中央曾有一个冲洗用的水池，人们在这里发现了大量鱼鳞。

食品市场有一圈柱廊，让人们躲避日晒雨淋。东北角有一个小房间或牲口圈，人们在这里找到了绵羊的骨架。当时，许多买家不愿买经过屠宰、加工的肉，而是要活的动物，作为祭祀家神的祭品。

食品市场的中央曾有一座12角形的尖顶建筑

十

位于广场东侧的粮市（Horrea）在公元79年火山爆发前还没最后落成，现在里面存放着考古发掘出的陶器、碾轧橄榄的碾子等文物，不明就里的游客很容易认为这些东西原来就在这里。

据说里面还有被火山岩浆包裹着的古人尸骸，其中一具蜷缩着身子，用手捂着脸，可能是忍受不了火山喷发时呛人的气味，人们认为他生前可能是个"赶骡人"，因为在他身边发现了骡子的尸骸。此外，在一个玻璃罩里有一条狗的尸骸，火山爆发时，它被铁链拴在某个住宅附近，正在作垂死前的最后挣扎。

庞贝人的临终一刻真是惊心动魄：

粮市里现在存放着考古发掘出的陶器、碾轧橄榄的碾子等文物

粮市里面被火山岩浆包裹着的古代"赶骡人"的尸骸

一个人为了拯救自己和爱犬，躲藏在紧邻北城墙的一处住所中，但当危险过去时，却发现自己被火山灰封存在房屋内，最后当他奄奄一息时，忠心的爱犬因为饥饿而疯狂，一口口撕咬他身上的皮肉。

当越积越多的碎石就要危及性命时，这个人攀上一棵大树的树干。但是，有毒的云团很快包围了他，他的双腿紧紧地夹着因不堪其身体重量而折断的树枝。

一位向大海奔跑的年老的乞丐在穿过城市的南门时瘫倒在地，他的身上还携带着用来装施舍物的口袋，脚下穿着一双与其身份极不般配的样式好看的鞋，这或许是别人捐赠的礼物，或许是在慌乱之中得到的不义之财。

一个男人极力爬向已倒地身亡的妻子和孩子，他一抬头也被毒气夺走了生命。

……（戴尔·M·布朗，《庞贝：倏然消失了的城市》）

十一

一般游客只是在庞贝广场上拍拍照，听一下导游的解说，然后坐上大巴就走了。所以，到了11点左右，广场上已经没什么人了。

我们要继续深入庞贝。

庞贝有三条主干道——丰足大街、诺拉街和斯塔比亚大街，前两条是横向的，后者是纵向的。丰足大街连接着广场区、斯塔比亚浴场区以及圆剧场和大操场区域，最宽的地方有8.5米。

令人吃惊的是，当时的帝都罗马只有两条大街，宽度5米到6.5米，足够让两辆马车并行通过而不碰撞到彼此。其余的都是"巷子"、狭窄的街和"小径"，曾有人讽刺说：住在街道两旁的人无疑能握住对方的手。

毛乌对庞贝街道有着更为细致的描述：

除了少数例外，街道无论宽窄都铺着多边形的玄武岩石块，拼接得非常细致。街道两边是垫高了的人行道，与中间部分的路面间镶有玄武岩或凝灰岩镶边石。一些地方的人行道上铺了小石头，另一些是混凝土或者是平整过的泥土路面，没有什么统一的标准，就连相邻的房屋前的路面往往也不一样，屋主显然有选择材料的自由。地产所有权的界限由人行道上的界石标示。

只有在主要的街道上，宽度才足以让两辆马车交错通过。在其他地方，驾车者不得不等在街角，让对面的车先过去。城市的街道似乎禁止车辆通过，有轮的车辆只能用于运输货物，不想走路的人只能坐轿子。

沿着街道的许多地方——尤其是在街角处——人们设置了带圆角的长方形垫脚石，彼此间的距离适中，高度和人行道一样。垫脚石的数量依街道的宽度而定，最宽的地方有五块。在安放的时候，它们为车轮留出了空间。不难理解庞贝的驾车人是如何通过这些垫脚石的——借助固定在辕杆尽头处的车轭，家畜与车连在一起；由于没有挽革或车前横木，庞贝的车比现在的马车有大得多的回旋余地。

下大雨的时候，庞贝的街道上全是积水，这时，那些垫脚石特别有用。（奥古斯特·毛乌，《庞贝的生活与艺术》）

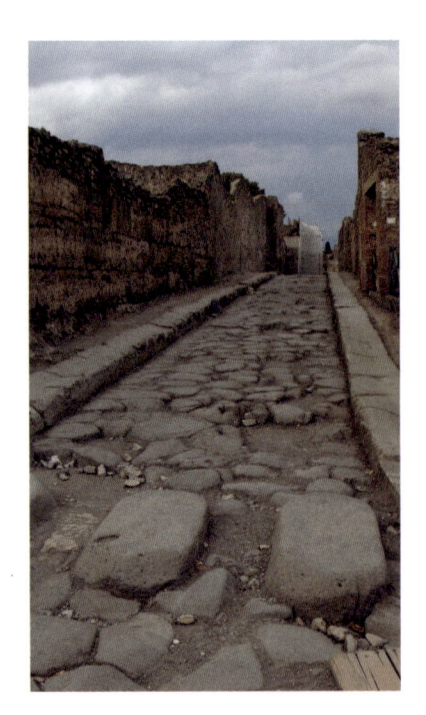

长方形垫脚石

十二

从庞贝广场出发，我们来到丰足大街和斯塔比亚大街的交叉路口，这里叫奥尔考牛斯路口。最初在这个路口置有奥尔考牛斯的一尊塑像，主人公是奥古斯都年间庞贝城的一个政界要人，他的私人住宅就在不远处。十字路口旁边有一个带一眼泉水的水池，水池上有一具象征奥古斯都祥和的人头像，像上有个象征"丰足"的角。"丰足大街"由此得名。

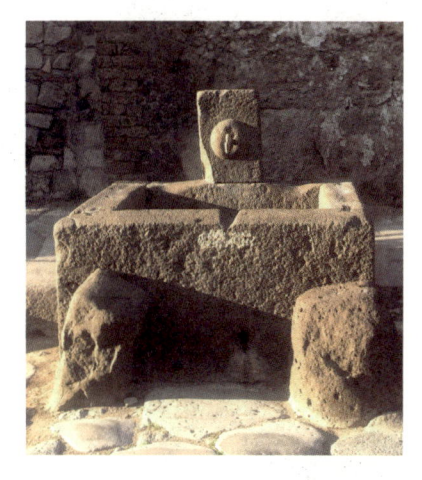

路边的水池

再往左走就是三角广场（Foro Triangolare），广场正中原来有座多利亚神庙，正外立面的前面有一个凝灰岩祭坛，这可能是祭奠传说中的庞贝城开创者艾龙的。

接着走是露天大剧场（Teatro Grande），建造于公元前3世纪至前2世纪，它继承了古希腊剧场建筑的样式而不是罗马剧场的样式。

由于我们刚在西西里看过几个希腊式的露天剧场，对拥有大约5000人座位的大剧场并不感到新鲜。

露天大剧场旁还有一个有顶的小剧场，它被称为音乐厅（Odeum）——根据这个词，可以认为它是个唱歌的地方。这里经常上演音乐节目，而屋顶可以改善视听的效果。

大剧场后面连着一座四廊式大敞廊，这是希腊式剧场必须修建的供演员幕间休息时聊天、散步的附设敞廊。庞贝的这座敞廊是意大利现存的这类建筑中最古老的一座，建于公元前1世纪初叶。

三角广场

露天大剧场

公元62年大地震后，这座敞廊失去了最初的功能，被改造成了角斗士营（Caserma dei Gladiatori）。两层建筑的楼上是供负责角斗士们训练的训导官居住的房间，角斗士们就住在沿敞廊四周的小房间里。在清理这里的遗迹时，人们在一些小房间里还找到了当年角斗士使用的大批装备，包括15具头盔、一些胫甲、几条用金属装饰的腰带、一些臂环、一套有100多块鳞片的铠甲、几副护肩。头盔附带着面甲，很有特色。部分头盔还有一圈宽边，上面有许多浮雕装饰。所发现的装备大部分是防御性的，进攻性的只有一个矛尖、一把剑和一对匕首。

1. 大剧场后面的四廊式大敞廊
2. 角斗士头盔，弗拉维安年代，那不勒斯国家考古博物馆藏
3. 角斗士护腿铠甲，弗拉维安年代，那不勒斯国家考古博物馆藏
4. 角斗士营

十三

在找到矛尖和其他进攻性武器的两个房间里，人们见到了18具人体骸骨，其中有一具是女性，佩戴着许多金首饰，包括绿宝石项链、耳环、两副臂环、戒指及其他饰物，一个首饰盒中还有浮雕宝石，其精美底座的一部分保留了下来。

这容易让人浮想联翩。

角斗士是罗马社会的边缘人物，在罗马文学里，角斗士往往被写成贱中之贱，当作道德腐败的象征。反讽的是，他们同时也受到赞赏和歌颂，成了男性的性象征。

我们下面会说到，庞贝城中有大量的涂鸦，其中涉及这点。

这些涂鸦很可能是角斗士自己写的，像是评论，像是自夸：

一个名叫赛拉达斯（或者"群众的吼声"）的色雷斯斗士叫"姑娘的心跳"，把他的搭档克里塞斯称作"玩偶王"。

古罗马讽刺诗人尤维纳利斯曾描述元老夫人爱皮亚竟然跟大角斗场的"性感杀手"私奔：

煽起/爱皮亚欲火的青春魅力是什么？/钩住她的是什么？她在他身上看到的值得当斗士的情妇去仿效的是什么？因为她的宝贝/她的塞尔吉乌斯/不是小鸡，起码有四十，有一只坏臂膀/保证了/早早退休的希望。畸形损害了他的面容——/一块盔疤，鼻子上一个大囊肿，一只眼睛泪流不止/眼屎叫人讨厌。那有什么关系？/他是一名角斗士。这可以把任何人变成阿多尼斯；/便是她不顾儿女、姐妹和丈夫/所选中的：钢就是她们渴求的对象。

"钢"是双关语，另一个含义是拉丁文的市井俚语"生殖器"的意思。

臭名昭著的罗马皇帝康茂德极度痴迷竞技场，自己还扮演角斗士。谣传哲学家皇帝奥勒留的皇后福斯蒂娜是与一名角斗士产生私情怀上康茂德的，她向丈夫坦白了这段奸情后，奥勒留便向占卜者讨教，他们建议将这名角斗士杀了，然后让他的妻子沾满死者的血，再跟她行房事。故事说奥勒留听从了这些建议，并把康茂德当自己的儿子养大。

在这种传说的氛围中，人们一度把角斗士营中的贵妇人看成是在错误的时间地点与角斗士情人幽会，最后掉进了永恒的陷阱的悲剧角色。

但人们很快发现，那么其他尸骸在干什么？

正确的解释也许是一群带着贵重物品逃离庞贝城的人，在泥灰和浮石如倾盆大雨般喷洒而下的时候来到角斗士营避难，却再也没能重见天日。

对上面的故事我的印象非常深刻，所以到了那里，百感交集。

十四

既然谈到角斗士，思维跳跃一下，我们来到庞贝城东南角的圆形竞技场（Pozzuoli）。

它始建于公元前80年，是现存最古老的圆形竞技场。竞技场不设下水道，地上只是泥土，地面却挖得比周边的广场低。这一特点，连同碑文记载，证明了这个剧场的古老。那个年代观众的兴趣完全只在于角斗士竞技，而不是猛兽表演或船战，因此不需要修建下水道系统。

竞技场的分界墙是一座高台，上有绘画装饰。观众席的第一、第二区是

圆形竞技场

贵宾区，另外还设有专门的女宾包厢，即观众席最上层的一条凉廊。凉廊石头上装有巨大的圆环，作为支撑篷布的支架，可为观众遮风挡雨和躲避酷暑。

当年这里的竞技包括"人兽搏"和"人搏"两种。出资赞助竞技的都是庞贝最上层的人物，他们将其当作显示自己的"慷慨"、进行个人宣传的一种手段。

竞技场尽管野蛮刺激，可角斗士惨死的情况似乎比死刑犯遭到处决或奴隶被杀害的案例来得少，因为培养角斗士需要经年累月的时间，太快失去他便意味着浪费了多年的心血。而且，角斗士对训练他们的业主和节目策划者来说都很昂贵，后者在角斗士死亡时，还得支付高额的赔偿费。

由于角斗表演的吸引力和竞技场的2万观众容量，这里也吸引了附近城镇的人们。雷古鲁斯是个已被赶出元老院的罗马元老，住在庞贝。公元59年，他举办了一次角斗表演，部分观看角斗的人来自诺切里亚，这两个城市的人们可能以前就不和，庞贝人和诺切里亚人先是相互取笑和指责，接着是扔石头，最后拿出武器搏斗起来。

结果，很多诺切里亚人受伤和被杀，他们闹到罗马，向尼禄申诉。元老院裁定流放雷古鲁斯和骚乱的领头人，庞贝的两位执政官也被撤职，10年之内，庞贝人不得举办任何角斗表演。

十五

角斗场在庞贝人的生活中举足轻重，下面来自城里的涂鸦或铭文就是一个例子：

4月8、9、10、11和12日，奥古斯都之子尼禄·凯撒的终身祭司德基姆斯·卢克莱提乌斯·萨特利乌斯·瓦伦斯的20对角斗士与他的儿子德基姆斯·卢克莱提乌斯·瓦伦斯的10对角斗士将在庞贝城展开格斗。将有野兽搏斗，还有（为观众设置的）遮篷。艾弥利乌斯·克勒尔（绘制此文）月夜中独自完成。（罗伯特·柯布里克，《罗马人：地中海霸业的基石》）

角斗场的隔壁是大体育场（Palestra Grande），占地约1.2万平方米，它的露天庭院里有个大型游泳池。大体育场里每天有人在举重、跳远、掷铁饼、滚球、跑步和拳击等运动。

第二次世界大战中，德国人在庞贝附近建造了指挥所和堡垒，美国人决定轰炸庞贝。当时的挖掘总监梅于里向美国指挥官发出急电，恳请他们不要在遗址附近扔掷炸弹。但飞机还是于1943年9月在上空出现，梅于里在助手琼罗

大体育场

的陪同下骑车向庞贝飞奔，试图阻拦。但炸弹所产生的冲击波把他从自行车上掀翻在地，导致腿部受伤，琼罗却在爆炸中丧了命。大体育场的局部还是遭受了轰炸。

十六

那不勒斯国家考古博物馆的《多利佛鲁斯（执矛者）》就是1797年在大体育场发掘出来的，其原型是来自古典时代的青铜雕塑，这尊雕塑是几尊保存得十分完好的复制品之一。作为蓝本的青铜雕塑是古希腊著名雕塑家波利克里托斯（公元前440年）的作品。

青铜雕塑在古代的名称是卡农，雕塑家本人也在自己的著作中记录了这一名称和代表意义。

根据大师的说法，雕塑人物的姿势是以交错法模式（取字母X的结构为原型）为基础创作的，伸直的右腿和弯曲的左臂相对应，微微屈起的左腿则和垂直于身侧的右臂相对应。

这位年轻的执矛者一度被认为是阿喀琉斯，这位征战特洛伊的希腊勇士在那个年代被雅典统治阶级认为是完美的集运动和军事能力于一体的理想人物。

《多利佛鲁斯（执矛者）》，奥古斯都时期复制，那不勒斯国家考古博物馆藏

十七

回到大剧场，它的北面小巷里有一座伊西斯神庙（Tempio di Iside），始建于公元前2世纪。当时，来自世界各陌生角落的水手、奴隶和商人给庞贝带来了极具神秘色彩的宗教信仰，其中伊西斯的追随者最多。

据戴尔·M·布朗的《庞贝：倏然消失了的城市》介绍：

每至三月，当冬季的雷雨不再滋扰大海时，伊西斯的秘密供奉者就从他们的秘密隐身之处倾巢而出，向大海走去，这个壮观的场面被称为"船之列队"。走在队伍前面的是身着白袍的祭司们，他们的头上顶着一艘古老的三桅帆船，信徒们身着稀奇古怪的埃及服饰跟随在他们的身后。抵达水边后，祭司们便把这艘神圣的船放入水中使之启航。在埃及神话中，这艘船载着太阳在阴间的黑暗中驶向黎明，即重生。

伊西斯神庙复原图

"船之列队"只是源于女天神伊西斯以及其伴侣丰产神奥西里斯复活的寓言而举行的圣礼的一部分。根据这个神话，奥西里斯在被黑暗之神肢解之后，伊西斯四处寻找他的遗骸。后来他的四肢被重新拼合并复活了。膜拜者通过复杂的仪式重现这一过程，并试图为自己获得永生。

公元62年的地震中，庞贝神庙几乎被完全摧毁，但与其他重要的神庙不同的是，伊西斯神庙却得以重建，这说明当地人是真心喜欢伊西斯。

也因此，今天呈现在我们眼前的就是它完整无缺的样子。

十八

庞贝的面包房很多，在19世纪后期毛乌（《庞贝的生活与艺术》作者）研究庞贝时期，被挖掘出来的面包房就有20多个，每个面包房有三四只磨。在庞贝，面包是由许多小店铺而不是大面包房提供的。更为精确的说法是，庞贝至少拥有30家以获利为目的的面包烘坊，其中20家有自己的磨房和砖石砌成的烤炉，但是它们不向公众出售面包，零售面包的往往是一些流动商贩。

庞贝最有名的是维考洛·托尔托面包店（Pistrinumdel Vicolo Torto），它最醒目的特点是面包房内有四个用坚硬的火山岩制成的石磨，石质坚硬，以免磨面时会有石渣掉在面粉里。

维考洛·托尔托面包店

石磨是典型的传统式样，其形状不禁使人想起计时沙漏，它由上下两部分组成，上磨盘安装在下面固定着的一个轴心上，顶上呈漏斗状，里面放小麦；下磨盘固定在一个圆台上。上磨盘上面有一个用来插木杠的孔，牲口拉着木杠就可带着磨子不停地转动。

维考洛·托尔托面包店复原图

在这家面包店里，小麦经过三道工序的加工以后做成面包。成袋的小麦从仓库取出以后，经淘洗、干燥后倒进磨子的角斗里，石磨由驴子拉，或由奴隶推。磨成面以后，做成面包坯，放进拱式面包炉去烤，通常一炉烤80个面包，送进炉子里烤前，人们在发好的面包坯上喷上水，这样烤出的面包表面闪闪发光。这道工序应用于用头筛面做的甲级面包，供奴隶等人吃的面包是用较粗劣的二筛面做的。（Giuntoli. *Art and History of Pompeii*）

十九

接着我们来看看丰足大街上的几家店铺吧。

大街上的店铺鳞次栉比，招揽顾客的招牌、字号随处可见。街道两旁的房屋多为两层楼，阳台面向大街，墙上不时写着选举宣传广告，还能看到路过的人在墙上胡乱刻画的痕迹。

在公元62年地震以后到79年火山爆发这一段时间里，丰足大街，特别是丰足大街与斯塔比亚大街的交叉路口正在发展成庞贝城名副其实的经济活动中心，人们修复了地震中震坏的店铺，还添建了一些新的商店。可是，一直到公元79年维苏威火山爆发的时候，街道上的住宅建筑尚未修复完毕。（Giuntoli. Art and History of Pompeii）

一家比较著名的店铺是家神庙饭馆，它得名于屋内美丽的家神庙——这是一种带有科林斯柱头的小柱子小型神庙，饭馆背后的小房间中，供奉着两尊行业保护神——商业之父墨丘利与酒神狄奥尼索斯以及店主的保护神和家神。

对外开放的饭馆里有一座呈拐形的石砌柜台，柜台的一边面向店门，另一边与它呈直角，面向屋里。柜台的面上开有几眼大窟窿，窟窿里有用来盛酒水和热菜肴的陶罐，以便来饭馆就餐的顾客们使用。

考古学家在一只陶罐中发现了683个古罗马小银币，那是饭馆一天的营业收入吧。

还有一家阿赛丽娜（Asellina）酒馆，类似今天的酒吧，另附几间用于对外出租的客房。酒馆的店堂里设有一个拐形柜台，里面有四个盛酒水和菜肴的瓮。天花板上挂着一盏用于照明的青铜油灯，油灯装饰有两个男性生殖器、一个小矮人和一些小铃铛。

建筑物正面墙上写着店主的名字阿赛丽娜，还写着几个一看就知道是外国女人的名字，很可能是小酒馆的女招待，或者是楼上客房的女侍、妓女。

玛丽·比尔德的《庞贝》认为当时的这些酒吧毫无疑问就是集食物、酒精和性为一体的综合性娱乐场所：

家神庙饭馆

来到酒馆的顾客第一眼就能看到沿街的吧台上那盏铜灯，这可谓是一项巧妙的艺术创作，不过，早期的考古学家显然并没把它当成一回事，以至于我们很少能在相关的文献资料中看到关于它的描述。灯体是一尊青铜制成的侏儒，侏儒几乎全身赤裸，其硕大的阴茎几乎和他本人一般大小。他的右臂已经损毁，看样子他原来应该是拿了一把刀打算切断自己巨大的阴茎。说真的，来到酒馆的客人第一眼看到这样一幅极具视觉效果的画面，怎么着也得多给两个小费不是。另外，酒馆里前前后后一共挂了六只铃铛，吧台上的这只铃铛和这盏青铜灯构成了一个组合，同时也能充当风铃和服务铃。

此外，酒馆里的墙面上还画了各种享乐主题的绘画，这些绘画虽然融合了性爱和饮酒取乐，但没有什么道德败坏的内容。画上描绘的不过是一些接吻、喝醉酒开开玩笑的场景，再不然就是玩游戏的画面，毕竟酒馆主人也不希望自己的生意场所淫靡不堪。比如，左侧的墙面上画了一个男人和一个女人，两人都穿着色彩鲜亮的衣服，女人身着黄色的斗篷，男人则身穿红色上衣，两人接吻的姿势看起来虽然不雅，但体现的是两人之间的那种尴尬的气氛。画面上方的文字是："我不想和米厄特丽丝做什么"。关于她是谁，我们无从知晓，也许这一幅透露出无聊之情的装饰画所表达的是我们现在所猜测的那样："我不想和米厄特丽丝厮混下去了，我受够了这个姑娘。"又或者说这个叫米厄特丽丝的女孩受够了这个男子，不愿继续与他纠缠下去。

不过，一些酒吧那颇为潦草却显而易见的情色元素也是断断不能忽略的，特别是这些元素往往和酒吧的整体装饰相契合的时候。因此，我们得出的结论是：城里的一部分酒馆主打的仍然是喝酒取乐，性元素不过是用来点缀的。另一些酒吧则相当于妓院，可以提供一整套的寻欢作乐服务。不论是丰足大街上还是墨丘利奥街上的酒吧，抑或是城内其他地区的酒吧，它们大都如我之前所描述的那样：大部分都有类似于侏儒灯那样的情色暗示；其次，几乎都有直白的钢索欢爱绘画（虽然大多残缺不全）。根据近来的考古数据调查，当时的庞贝城里总共有35家如此规模的妓院。换句话说，按照当时的人口数量来换算，庞贝城几乎每75个男性成年人就有一家妓院，即便加上游客或是那些乐意花钱买春宵的奴隶，这一比率也从侧面证明了基督徒的道德家们关于异教徒过剩的担忧。（Beard. *Pompeii*）

关于古罗马的小酒馆，再来看看《原来，古罗马人这样过日子！》的描述：

鸡尾酒调制好了，那位侍者将它倒入放在柜台上的两只杯子内，一位女侍端起杯子，朝着坐着两个男人的那张桌子走去。她有着又长又黑的眼睫毛、一头披肩的卷发，极具地中海人的魅力：圆翘的臀部，特别是丰满的胸部。她将两个杯子放在桌上，正要离开时，一位顾客抓住她的手臂，将她拉近自己。那男人身材壮硕结实，除了颈后的一小撮头发之外，头发剃个精光，那是摔跤手的显著特征。他们交换了几句话，眨眨眼，使了个眼色。我们不难看出这家伙想要的是什么。

女人绽放微笑，表示默许，她拉开那男人游移在她胸部的手，瞥了老板一眼，他继续算他的账单，只是抬头看了一下，点点头，然后回头埋首于算账。摔跤手站起身，他和那位女侍朝帘幕走去，他们将帘幕拉开时，我们隐约可以看见一道通往阁楼的木制楼梯。

与饭馆里的女侍发生性关系是正常的，几乎是家常便饭，甚至不被视为通奸，这让我们对在这类地方工作的女性的社会地位有些概念，不仅是女侍，如果老板是女性，她也会被视为随便的女人，就像她的女儿们一样。（阿尔贝

庞贝城有很多类似的酒馆或餐厅

托·安杰拉，《原来，古罗马人这样过日子！》）

我也在庞贝城里看到许多酒馆或饭馆类似于今天意大利的咖啡吧——在午餐时间，他们也许会在那里买个三明治和一些饮料，庞贝人则是一杯酒和传统的意大利扁平面包。庞贝人是喝不到咖啡的，那时它还不存在。

庞贝人也和今人一样在饭馆外吃饭，坐在沿着墙壁而放的饭桌边，边吃饭、边观察人群和街道上发生的事。

对我们游客来说，最醒目的还是柜台桌面上的大洞，里面曾经摆放着圆形大罐，漂亮的女招待或仆人用勺子从一个洞里舀出橄榄，从另一个洞里舀出小麦制成的麦片粥或粗燕麦糊，放在盘子里送给顾客。

第三个洞里盛的是葡萄酒，仆人将一只平底锅装满酒，然后放在柜台底端的小火盆上，加热后端给顾客。

庞贝人的午餐很简单，主要是豆子、水煮蛋、橄榄、绵羊或山羊奶乳酪、腌鳀鱼、洋葱、烤肉、烤鱼和一些无花果。

二十

现在我们终于来到斯塔比亚公共浴场，它位于斯塔比亚大街和丰足大街相交的十字路口，是庞贝最大和最古老的浴室，建于公元前2世纪。罗马殖民地初期对它进行了改造，以后还经过多次大规模修整。浴场有着不规则的形状，占据了一个街区的大部分，三面临街。

进入斯塔比亚公共浴场必须排队，不管你是富人、穷人、男人、女人、工匠、士兵，人人平等。队伍快速移动，人们一一将一枚铜板递给一个奴隶，奴隶则将铜板放进一个小型木制保险箱内。浴场的入场费非常便宜，但进入浴

斯塔比亚公共浴场

场后，所有的服务都需要再付费，如洗澡和使用衣柜间。

进了大门就是三面设有柱廊的院落，大门口饰有两根方柱，其装饰与对面的柱廊相类似。西边的正中央有一个大的游泳池，旁边有两间盥洗室和一间更衣室。这些房间的墙面是公元62年地震后敷的彩色泥灰饰。

大游泳池是人们必要的停留点之一，许多人在这池子里放松、聊天、玩耍，但没人游泳，因为在古罗马时代，几乎没有人游泳，游泳不是运动项目，也不是必学技能。只有在水域工作的人，为了自身安全，必须学会游泳。

大家走进更衣室前要给门口的仆人一枚铜板，他会看管你的衣物。进入浴场和洗澡时，人们得付双倍的价钱，还得为按摩、油和毛巾等项目各付一笔钱，女人付的钱竟然比男人更多，据说男人付得比较少是因为他们常来。

孩子、士兵和奴隶可以免费入场。

更衣室沿着四面墙壁摆放着长凳，男人们坐在上面谈天说地，也有人在那脱凉鞋或折叠衣服。有钱的男人由奴隶替他脱衣。

出了更衣室，人们可以在健身空间运动一番。考古学家在这里找到了两个沉重的石球，显然是用于一种类似九柱戏的游戏。

运动完的有钱人继续站着聊天，他们的奴隶则忙着为主人揩掉汗水和油垢。

奴隶先在主人的身上洒上细沙，这是吸收油和汗的最佳方式；然后，他们开始使用刮身板，那是一种仿佛镰刀的奇特工具，取代刀刃的是像排水管的弯曲管子，用来收集汗水、油和污垢。奴隶用这种器具小心刮过主人的皮肤，如同用汤匙刮掉衬衫上的一滴果冻。（阿尔贝托·安杰拉，《原来，古罗马人这样过日子！》）

接下来是温水浴室、热水浴室和冷水浴室。不像罗马的浴室无比巨大，这里的男热水浴室只能容纳十多个人，这里的温度约60℃，当年的哲学家塞涅卡曾惊呼："他们想把自己煮熟。"

高温来自通过墙壁内隙缝冒出的热气，仿佛有数十个大烟囱埋在墙壁内，人们的皮肤没有凉鞋、木底鞋或毛巾保护的话，一旦触到墙壁或地板，很容易被烫伤。

圆形的冷水浴室更小，但装饰十分吸引人，与罗马万神殿一样，光线可以从拱形天花板顶端的一个小圆洞射进来。毛乌描述道：

在贴着白色大理石的圆形浴室旁有一条狭窄的大理石地板，上面原有四个半圆形壁龛，墙壁和壁龛刻画出蓝色天空下的美丽花园，洗浴者随意四处看看，有树木和灌木丛，上面有鸟儿在飞，绿叶中各处掩映着塑像和花瓶，一股水流注入圆形浴池。蓝色的天花板上点缀着星星，这里的装饰将人的思绪引向开阔的空间，洗浴者几乎感觉不到房间的狭窄。（奥古斯特·毛乌，《庞贝的生活与艺术》）

圆形冷水浴室

这里应该是庞贝人最喜欢的社交场所，所有阶层的人聚集于此。

奇怪的是，有钱人尽管家里有私人浴室，却可能是公共浴场来得最勤快的人。理由显而易见：这里是和人会面、交易以及让人看见你被门客簇拥的好地方。这地方是社交中心之一，能见度最高。（阿尔贝托·安杰拉，《原来，古罗马人这样过日子！》）

这里的社交活动形形色色，比如温水浴室里还留着一处灰泥浮雕残片，上面是一个男人在读一卷手稿。毛乌认为："这暗示了古代人经常抱怨的洗浴者所厌倦的一件事，即他逃不过无所不在的诗人对新作的朗诵。"

估计庞贝也像首都罗马那样，许多人每天会到这里报到，甚至有些人每天会来两三次。据说有的皇帝每天洗五次澡，最夸张的是皇帝康茂德，每天要洗七八次澡。

不过，这些人一直如此的话，会引发听觉问题。《原来，古罗马人这样过日子！》的作者安杰拉分析：

现代人类学家通过研究这些人的骨头，得知他们患了"冲浪者症候群"（或"水手症候群"）。长时间待在寒冷而潮湿的环境里的人会生这种病。在我们的耳道里，外耳道的骨头会产生一种逐渐阻塞耳道的分泌物，这就像耳道以建造屏障的方式来对抗连番侵袭的寒冷和潮湿。这个过程被称为"耳道骨肥厚"，渔夫和爱海的人均为其所苦。

在古罗马，得这种病的大多是男性，因为罗马时代的专家认为寒冷以及冷热之间的频繁变化对女性身体有害。所以她们很少进冷水浴室，斯塔比亚浴场索性就没有女冷水浴室。罗马时代的浴场男女有别，女人有自己的浴室。

二十一

写到这里，我们可能会发现古庞贝与今天最大的不同是有奴隶。

当时的意大利半岛大约有四分之一至三分之一的居民拥有奴隶，奴隶不仅帮助主人干活，而且他们自动繁衍许多子孙后代。奴隶没有服兵役的义务，因为军队不敢依靠他们来为国家抵御外敌。此外，拥有大量奴隶也是可以炫耀的资本。

庞贝售卖奴隶的地点应该在广场附近吧。奴隶的主要来源是战争的俘虏或女奴隶生下的小孩，奴隶被贩卖的时候要站在一张高台上，让买家能看得清楚。新的奴隶脚下会被涂上白色粉笔记号，脖子上则挂着一块木牌，写着奴隶的出生地和个人特点等信息，比如他是否曾经试图逃跑、个性是否懒惰、是否尽忠职守、是否有疾病、是否有法律赔偿的纠纷。

奴隶的出生地很重要，年轻的埃及男孩是最优秀的宠物。但同样出身或国籍的奴隶，不可一次买得太多，因为他们容易交流，会联合起来对付主人。

识别好的奴隶很困难，有的人索性只用家奴的后代为奴，他们最忠于主人，但这样做，花费大又耗时。

古罗马的奴隶并不便宜，一个15到40岁之间的健康男性奴隶，价格是1000塞斯特斯（sesterce，古罗马货币单位）；类似条件的女性低一些，大约800塞斯特斯。而一个穷男人要养活一家四口，一年大约需要500塞斯特斯。

最适宜工作的奴隶既不是非常懦弱，也不会英勇无比。太容易被吓倒的人，没法完成工作；拥有太多勇气的人，则难以控制。

购买奴隶时，要防止奴隶贩子耍花招来掩盖缺陷，比如他们会把瘦弱的奴隶涂上乳香树的树脂，使奴隶看上去肌肉饱满。或者，他们会用血液、胆汁和鲔鱼肝制成的脱毛膏除掉青春期男性的体毛，让奴隶看起来比较年幼。或者，他们会把扁豆根混入甜葡萄酒，让青春期的青少年男女喝下，减缓性征和性发育时间。

买主还需要动手检查男奴是否拥有完整的睾丸，因为他可能想要繁殖奴隶的后代。

对主人来说，要想买个男宠的话，埃及人适合担任此项任务：皮肤白皙、眼睛明亮、低眉、窄鼻、长发飘逸、嘴唇红润。

如果要挑选年轻的女奴，可考虑金发碧眼的巴达维亚人。

主人喜欢自己与女奴结合出生的后代，施予比一般奴隶更优厚的待遇。他们喜欢用这些后代来照顾自己的嫡子，毕竟这些后代身上有他们的血液。

聪明的主人也会让奴隶们结合，生养小孩，让他们满足，把孩子当人质，最主要的是繁衍新血，补充奴隶的不足。有的主人，只要女奴生下三个男孩，就可以免除工作；若是生下更多的男孩，他会给她自由。

二十二

有关古罗马奴隶的故事实在太多太多，我们还是去庞贝城第七区斯塔比亚浴场后面的妓院看看吧，它是庞贝25家妓院中唯一一座专门设计用来当妓院的建筑物。

一位学者曾列出了性交易牟利的场所——妓院所需具备的三个条件：一个公众可以畅通无阻的带有石床的小房间，显眼露骨的性爱绘画以及关于性爱的留言涂鸦。符合这三个条件的，庞贝城也就我们参观的这一家。

妓院按通常的习俗设在较偏僻的、阴暗狭窄的两条小街道的交叉路口。我们参观的这个妓院分上下两层，一楼有五个普通房间，楼上的五个房间比较考究一点，每一间都带一个阳台。有一个单独的楼梯通到楼上，可惜的是我们只能参观楼下。

在一楼的进门处画着双鞭淫神普利亚普斯像，他双手分别握着两根巨大的阳物站在无花果树旁。每一个房间里都设有一张床，墙面大都漆成白色，它在公元79年火山爆发前不久被重新装修过（灰泥里发现了一枚公元72年的银币）。房间的墙上都画有一幅十分露骨的男女做爱色情作品，形态各异，虽然画风低劣粗糙，但比庞贝私宅中发现的高雅性交场景新鲜得多。

有意思的是，其中的一幅画上的妓女戴着裹胸。在罗马时期，这完全被认为是不得体的，甚至妓女也难以"免俗"。

这里的隔间都很小，里面的石床也非常小，特别是铺上靠枕和床罩后，就显得更狭小了。

无论如何，如此简陋的小隔间，给我的感觉是这里的性行为是"快餐化"的。

大部分的涂鸦都在隔间里，通过这些涂鸦的只言片语，大概能推断出这些妓院是谁在使用和如何使用。

来这里的人似乎并不在乎将自己的名字写在墙上，不过话虽如此，在这些留在墙上的名字里并没有发现当时的庞贝名流。古罗马妓女的存在是用来服务那些没有能力蓄养性奴的社会阶层的。

仔细研究这些涂鸦，我们意外地发现有人把自己的职业写了上去——一个卖膏药的。事实上，120多条可以解读的涂鸦是最好的考古研究资料，能更为广泛地接触到当时庞贝城那些微末如蝼蚁一般的人群的生活和文化。来这里的客人大多会在涂鸦的结尾处签上自己的大名，比如"弗洛拉斯""菲利克斯携弗图内特一起""珀斯弗洛斯在这儿"。偶尔还会有人组团来这里找乐子，所以在涂鸦签名处会时不时出现一长串的名字，有可能是一群男人过来喝喝花酒找找乐子。

提供性服务的那些妓女的名字倒比较难找，从有限的已确认的妓女名单中，我们发现相当一部分妓女来自希腊或者中东地区，这也证明了她们的奴隶地位。当然，这些名字很有可能是为了方便她们接客而起的花名，至于她们的真实名字和背景，从来不是她们从事的这个行业所在意的，所以我们也不可能知晓。没有直接的证据表明这家妓院里只有妓女而没有男妓，墙上涂鸦的内容也无法佐证这些同嫖客寻欢作乐的只有妓女。妓院吧台的墙上记录着嫖资价目表。涂鸦中有个男子声称自己跟妓女在外头做爱要比在妓院里做爱便宜得多。

其实，这里的嫖资也很便宜，一次只收两阿塞，也就相当于两大杯葡萄酒的钱，由此再次证明妓院的营业对象是下层社会收入较低的人和奴隶。

罗马皇帝卡拉卡拉曾经设立了一种卖淫税，按每个妓女一天的收费标准收取。图密善也曾作出规定，妓女无权在法庭上作证，无权继承遗产，即使有人让予也不行。妓女只有从良后方可获得某些权利。

《庞贝》的作者玛丽·比尔德认为，自从妓院经过整修对外开放以来，每年的游客量大幅上升，这样的情况非常糟糕。原本参观这里平均只需三分钟左右，但当地的导游无所不用其极地夸大其词，以博得更多游客的关注。他们在已知的资料上添油加醋，在给游客解读的时候甚至异想天开："这些情色画作具有实用意义，因为当时的妓女不会说拉丁语，只能通过这些画作来和嫖客沟通。所以嫖客想要什么姿势的性爱，只需要指给妓女看就可以了。"

我们已经说过，庞贝上流社会人士是不会光顾这种地方的，他们把高价的高级妓女和出租妓女请到家里。让-诺埃尔·罗伯特的《古罗马人的欢娱》说：

庞贝的个别富人家里还有私人妓院，如果有宴请，就叫些舞娘来跳艳舞，她们搔首弄姿，竭尽献媚之能事。

罗伯特在《古罗马人的欢娱》一书中认为，古罗马戏剧里有不少对妓女心思的刻画，比如普劳图斯的《凶宅》中的妓女说道：

妓女就像一朵带刺的玫瑰，谁碰她谁吃她的苦头，不是被扎痛了，就是被扎伤了。妓女从来不可能听男人的辩解，如果男人不掏钱，她就让他像一个不听上司的话的士兵一样立马解甲归田。如果男人不大方，就不配做男人，男人富有多久，妓女就对他好多久。男人一旦一无所有了，谁有钱，他包养的妓女就跟谁走，妓女喜欢掏钱即忘的男人。真正的男人是不务正业，心里总想着花钱。

古罗马妓女也提供定期出租服务，偶尔也提供上门服务，时间可以是一个晚上、一个月或一年，其间要是遇见一个更有钱的，就终止正在履行的出租服务协议。

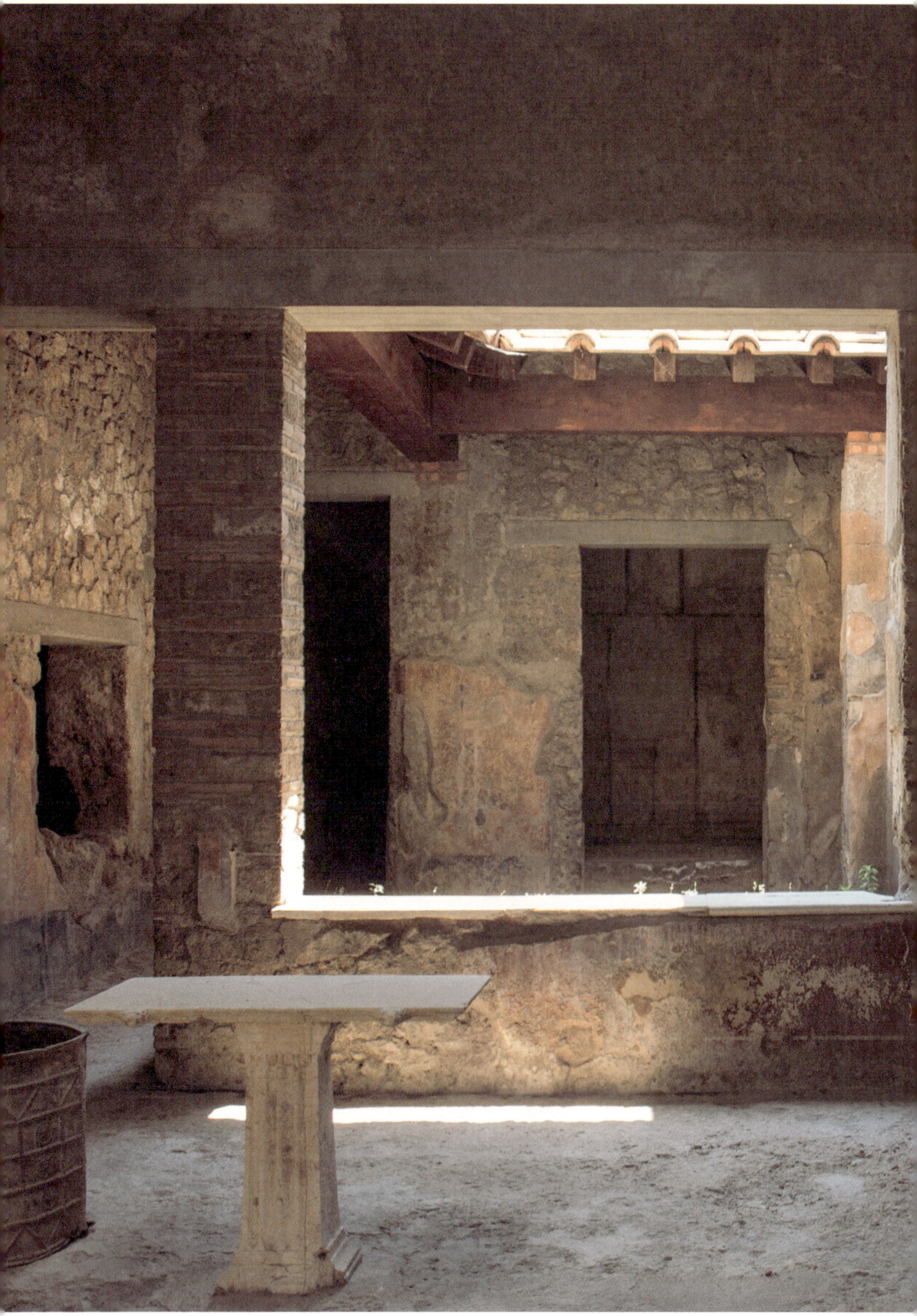

第 三 章

庞贝宅邸与它的艺术品

古罗马的豪宅叫多穆斯（dumus），在君士坦丁大帝的统治时期，据记载有1790座多穆斯，但它们的格局是不一样的，有些很大，有些很小。

一

在古罗马，和现代社会一样，只有富豪和贵族才能住在仆人成群的别墅里，这只是少数人，古罗马人大多数住在公寓大楼里，生活条件往往不太好，有些甚至类似于今天印度的贫民窟。

古罗马的豪宅叫多穆斯（dumus），在君士坦丁大帝的统治时期，据记载有1790座多穆斯，但它们的格局是不一样的，有些很大，有些很小。

现在要去看我最喜欢的庞贝宅邸了。

庞贝宅邸

考古学家以三大主干道（丰足大街、诺拉街和斯塔比亚大街）将庞贝城划成九个大区，每个大区又划成街区，跟现代社区类似。如庞贝广场在第七区，三角广场与剧场在第八区，圆形剧场在第二区等。

在第一区第十街区坐落着梅南德罗之家（Casa del Menandro），此名得自面向内院的希腊喜剧作家画像。我们从一枚在内室发现的青铜印章得知，这所大宅的主人是罗马皇帝尼禄第二个妻子的亲戚。

梅南德罗之家建于约公元前250年，可以说是庞贝最古老、最华丽的房屋之一。1930年，人们在浴室的地下室发现了一个装有财宝的箱子，里面有重达24公斤的118件银器，还有一个装有珠宝首饰（耳环、项链、金手镯和宝石戒指等）与1432枚金币的首饰盒。因此梅南德罗之家又被称为"银宝藏之家"。

这些银器现藏于那不勒斯国家考古博物馆。在它们刚被发现时，由于十分古老，表面就裹上了布料和羊毛层，一部分银器是经过人工修缮后，再展示出来的。

这些银器中有一些极富价值的银杯，上面装饰有神话故事情节（战神和维纳斯的爱情故事、大力神的劳工、狄奥尼索斯和他的随从们等），或是传统的希腊化场景（比如希腊画家阿佩利斯的作品）。

1932年，考古学家考特发现，在梅南德罗之家入口处的涂鸦中提到了普里米吉尼亚女子，虽然词句模糊不清，但大意还是明白的：任何想要寻找一位名叫诺里亚·普里米吉尼亚的人都可以在附近的诺卡拉

梅南德罗之家的银器，那不勒斯国家考古博物馆藏

城她的住处中找到她。

这已经不是第一次见到"普里米吉尼亚"，在庞贝城中，她好像是诸多人的关注对象：

"献给最甜美、最可爱的普里米吉尼亚！欢呼！""普里米吉尼亚，我们最倾心的人！"

这个名字的意思是"长女"，极为普通，这些颂词指的可能是不同的女人，但这些赞美之词如出一辙，这确实让人充满好奇。

《庞贝：倏然消失了的城市》的作者布朗介绍说，23年后，考特在诺卡拉城门附近的一座陵墓破解了一首献给她的小诗，诗歌表达的是一位心仪于可望不可即的普里米吉尼亚的人失恋后的忧伤，作者希望自己变成"你戒指上镶嵌的宝石，在你用它密封信件时，我可在你的唇上留下亲吻"。

难道普里米吉尼亚是庞贝人心中的梦露或赫本？

二

现在一起去看看特伦修斯·尼奥家宅（House of Terentius Neo），这座宅邸的后墙上发现了最著名的庞贝人物肖像画《特伦修斯·尼奥和他的妻子》。这幅画现藏于那不勒斯国家考古博物馆。近来，学者们终于确认这幅画上的人物之一是这所屋子的主人——烘焙师傅特伦修斯·尼奥。在此之前，画上的男子一度被认为是帕奎尤斯·普罗库卢斯，这个名字出现在屋子外立面的铭文上。

画面上的这对夫妇看来拥有一定的财力，有一定的文化程度，打扮也颇为时尚。女人身穿红色宽外衣，脖子上戴着垂有金坠子的珍珠项链，耳朵上也

《特伦修斯·尼奥和他的妻子》，
那不勒斯国家考古博物馆藏

《莎孚》，
那不勒斯国家考古博物馆藏

戴着同系列的珍珠耳环。她的发型十分时髦，中分向后，发带束于后颈上，这是尼禄当政期间女性的典型发型。女人的一只手上拿着一块蜡板，另一只手则拿了一支尖笔，这个姿势和《莎孚》肖像里的姿势如出一辙。

《莎孚》圆形半身像也是收藏在那不勒斯国家考古博物馆的最为著名的壁画之一，它被发现于1760年6月。画面上女子的左手拿着由四块蜡板组装成的多联画屏，右手则拿着一支尖笔，抵在自己的嘴唇上，画屏和尖笔相互呼应。这幅半身像和另一幅男性肖像画组成了一对，这一组合和上面的《特伦修斯·尼奥和他的妻子》的肖像画有很多相似之处。

回到《特伦修斯·尼奥和他的妻子》的画面，画中的男子身穿一件白色的束腰外衣，这充分体现了其作为家庭权威尊严的身份和地位，他的手上握着一卷莎草纸卷。当初创作这幅画的画师还原了这两个人的面部特征，却忽略了他们的地域人种起源（这对夫妇是撒姆尼人）。

我第一次看到《特伦修斯·尼奥和他的妻子》还是在几十年前,我很惊讶在庞贝时代就能有如此惟妙惟肖的人物画,从此难忘。

考古学家把不同时期的庞贝绘画分成四种风格:

第一种风格(镶嵌风格)起源于希腊,发展于公元前2世纪至公元前1世纪中期。其特征是在模仿古希腊墙壁的基础上,使用更多的光亮油灰,更少地使用原始大理石。

第二种风格(建筑透视风格)发展于公元前1世纪中期至公元1世纪初,它是在墙面上描绘建筑的立体图景,从而为其所在的空间创造出一种透视远景的效果。墙壁中央多以鲜艳彩色呈现神话、史诗或宗教场景。

第三种风格(真墙风格)发展于公元1世纪上半叶,此风格以快速而清新的技巧为特色,扬弃了第二种风格虚幻和透视的特点,转而采用田园形象承载装饰的风格,画作的底板通常采用黑色。

第四种风格(梦幻风格)重新启用了第二段风格的建筑元素,但营造的是不真实的虚幻效果,以奢华的夸张手法强化了风格三的装饰特点。时期为发生地震的公元62年直至火山爆发的公元79年。(Pompeii: As It Is–As It Was)

同一所房屋中四种风格的绘画并存的情况也很常见,这表明这些房屋在不同的时期进行过修缮。

《特伦修斯·尼奥和他的妻子》被认为是第四种风格画作。

三

在第二区圆形露天剧场附近有两处著名的豪宅:

一处是贝壳中的维纳斯之家（Casa di Venere in Conchiglia），它在公元62年的地震中遭到了很大的破坏，地震后进行维修，却又遇到火山爆发。

豪宅的看点在于中庭后面花园墙上的大壁画，它属于前文提到的第四种风格绘画，画的是在海上，全身赤裸的维纳斯倚躺在一只巨大的扇贝中，身上戴着珠宝首饰，海风将她的披纱吹得鼓了起来。她的前后各有一个小爱神。这幅作品其实画得并不好。

维纳斯之家中庭后花园墙上的大壁画

另一处是朱利叶·费里克斯别墅（Villa di Giulia Felice），就在圆形露天剧场的对面，是庞贝已出土的面积最大的房屋，占据了一整块方形街区。入口处的外墙上张贴着一段关于房地产出租的广告：

斯普鲁斯之女朱利叶·费里克斯的地产可供出租的有：令维纳斯及达官贵人称心如意的浴室、商店、楼上房间以及单元。出租时间从8月13日起连续5年，5年到期之后，租约可续签，手续简便。

从日期看，广告发布的时间正是在火山爆发前不久。宅子的主人费里克斯可能是一位家道中落、处境困难的女继承人，被迫出租家里的祖屋。

有考古学家认为，出租广告中的"令维纳斯及达官贵人称心如意的浴室"并非是为这位爱神的信徒们嬉戏而建造的，而是朱利叶基于公元62年的地震毁坏了城市中大多数大型浴场，试图弥补市场的空缺。

《艺术与历史丛书：古城庞贝》描述朱利叶别墅的格局是这样的：

这所大宅邸有两个中庭，卧室的门都面向中庭，中庭直接通向一个漂亮的大花园。花园边缘有柱廊，还有一条砌有小弯口的水沟，沟上有三座袖珍小桥。西边有一座建于公元62年以后的方列柱柱廊，柱廊上开有通向厅室的门，里面有一个夏季三席筵亭，筵亭里设有大理石贴面的榻席。从一个小神龛里流出一股小瀑布，墙上画着尼罗河风光。大块石灰石砌出的穹顶给人一种身临洞穴的感觉。

浴馆一进门，有一个大的院落，院落四周建有柱廊，柱廊里有一排座位，来洗澡的人就在这里排队等候。院子里有一个大的露天浴池，浴池里设有冷水浴室、温水浴室和蒸汽浴室。（Giuntoli. *Art and History of Pompeii*）

但也有考古学家认为这个地方是一个名为"庞贝青年会组织"总部的所在地，他们在这块土地上修建了健身房，里面健身设施一应俱全。

还有人认为它原本是专为商人净身和用餐而建的俱乐部。

这里的房屋空白处确实有大量的签名或庞贝式涂鸦，涂鸦人的身份有绅士、工匠和珠宝商等，恋人或约会者也在租用房屋里留下了印迹。

朱利叶·费里克斯别墅

四

庞贝太复杂了，游完要花大半天的时间，如果没有熟练的导游带领，游客靠自己的话几乎不可能游完。我们还去了不少不重要的大宅，如悲剧诗人之家（Casa del Poeta Tragico），虽然没开放，好在我们看到了入口处地上的一组黑白马赛克画，画面展现的是一条看门狗以及那句经典名句："小心，有狗！"。据说，古罗马的不少居民都选择了相同的马赛克图案。这也说明，罗马时期，窃贼和挨家挨户的推销员已经成为"公害"。

悲剧诗人之家

悲剧诗人之家入口处地上的黑白马赛克画

我在那不勒斯国家考古博物馆倒是看到了悲剧诗人之家的一幅大型第四种风格的壁画《依菲琴尼亚的牺牲》(《奥利斯的依菲琴尼亚》)。

传说迈锡尼国王阿伽门农为了祈祷希腊远征军攻打特洛伊获胜,将自己的女儿依菲琴尼亚作为牺牲,献祭给狩猎女神阿尔忒弥斯。(阿伽门农也因杀害血亲受到诅咒,他的妻子与人通奸,他回到家乡,被妻子的情夫所害。)

画面中央,依菲琴尼亚被尤利西斯和戴奥米底斯(或阿喀琉斯)带到了祭坛上,左侧的阿伽门农戴着头纱,一只手捂住脸庞。普林尼认为,画师之所以如此描绘这位国王,也许因为本人都不知道应该如何描绘国王内心的悲伤。

画面右侧是来自阿尔戈斯的随军预言家卡尔克斯,他手上拿着牺牲仪式上要用的工具。画面上方的云端上出现了两个半身女子像,她们分别是阿尔忒弥斯和牵着一头牡鹿的仙女,而这头牡鹿就是马上要用来代替依菲琴尼亚作为牺牲的。

根据古代文献资料,壁画来自画家蒂曼提斯,给我们呈现出经典组合风格,但是画面结构却缺乏一致性:画面人物看起来更像是取材于不同的源图像,比如,阿伽门农和卡尔克斯的尺寸明显要大于尤利西斯和戴奥米底斯。画面中央的人物组合的处理略显粗糙,女孩被抱起的姿势显得很不自然。此外,画面上只表现了阿伽门农的人物形象,而根据历史资料,我们知道原本的画作上应该

《依菲琴尼亚的牺牲》(《奥利斯的依菲琴尼亚》),来自悲剧诗人之家,那不勒斯国家考古博物馆藏

还画了阿伽门农的哥哥——斯巴达国王梅内莱厄斯（这幅画上并没有这个人物），而依菲琴尼亚则应该站立在祭坛的前方。

五

那不勒斯国家考古博物馆还有一幅类似画风的《解放者提修斯》，来自庞贝的鲁弗斯宅（House of Gavius Rufus）。鲁弗斯宅建于前罗马时期，有一间赏心悦目的科林斯式中厅，属于最古老的庞贝房屋之一。

《解放者提修斯》的主题来源于提修斯神话的结尾，提修斯释放了那些被克里特人作为贡品打算敬献给弥诺陶洛斯（人身牛头的怪物）的雅典少年，据说每一年克里特人都会挑选七男七女共十四个雅典少年作为他们供奉弥诺陶洛斯的贡品。

被英雄提修斯杀死的怪物横尸于画面左侧，提修斯则位于画面中央，像一尊雕塑站立在那儿。

这幅作品是以公元前4世纪的一幅著名作品为蓝本创作的，另一件同一主题的复制品藏于赫库兰尼姆大会堂，赫库兰尼姆是与庞贝一起毁于火山喷发的城市。画面背景上的墙体采用了希腊风格，以突出画面主人公伟岸的形象。画面右侧那些过来观看怪物尸体的克里特女人则被认为是古罗马人后来添加上去的。

《解放者提修斯》，来自鲁弗斯宅，那不勒斯国家考古博物馆藏

六

接下来是来自庞贝附近一同被火山埋葬的普布利斯·法努斯·西尼斯特别墅里的《大型人物绘画》，该别墅相当一部分华丽的装饰画作都收藏在那不勒斯国家考古博物馆中，其中包括保存得非常完好的第二种风格作品。

画作的一部分是躺卧式的餐厅的装饰，集中在门厅走道的装饰板上，这些装饰板的周围是描绘着狩猎场景的装饰雕带，这些雕带不禁让我们联想起希腊化时代的马其顿墓葬。

画作的另一部分则作为大房间的装饰，这一部分的画作包括现在我们所知的大型人物绘画，不过这里描绘的都是历史人物事件。

组成画面边框的是纪念式立柱和多利亚式的雕带以及这两者形成的具有透视感的柱廊。画面上的两个人面对面坐着，前景中戴着波斯头巾的人物可能是波斯或亚西亚的拟人化象征，或是费拉的王后——马其顿国王安提哥纳的母亲。画面上手拿长枪的人物的身份也不明，他的头上戴着由王室头饰固定的马

《大型人物绘画》，来自普布利斯·法努斯·西尼斯特别墅，那不勒斯国家考古博物馆藏

其顿帽子，身旁还有一块中心装饰着八角星的大盾牌。他可能是希腊化时代的一位统治者，也可能是马其顿的拟人化身。一旁的老人倚着手杖，看着那两个人物，他很可能是当时的哲人或先知。学者们通常认为这幅巨大的壁画是来自马其顿公共场所的知名画作的复制品。

纽约大都会博物馆有一间该别墅卧室的复原展示空间，异常华丽。

七

第四种风格的《珀尔修斯和安德洛墨达》来自庞贝狄俄斯库里兄弟之家（House of the Dioscuri）。珀尔修斯解救安德洛墨达的故事是古代绘画常用的主题之一，鲁本斯也留下了有关该题材的名作。这幅画作描绘了英雄在杀死了躺在地面上的海怪之后解救年轻女孩的那一幕，体现出了英雄在与海怪战斗中英勇的美德以及年轻女孩的纯洁。这是迄今发现的关于这一主题的最大的一幅壁画，从画面的布局和内容看，它很像是古典时期晚期雅典画家尼吉亚斯作品的复制品，古罗马人复制了很多他的相关作品。

《珀尔修斯和安德洛墨达》，来自狄俄斯库里兄弟之家，那不勒斯国家考古博物馆藏

狄俄斯库里是朱庇特（宙斯）与丽达生的儿子卡斯托和波拉克斯的通称，这所宅子之所以得名，是因为里面有一幅画有他们形象的壁画。

这所宅子的中庭是科林斯列柱式结构，带中央承雨池的四周立有12根圆柱，很少见。

那不勒斯国家考古博物馆内还有一幅狄俄斯库里兄弟之家的壁画《阿喀琉斯在斯盖洛斯》。阿喀琉斯是希腊的大英雄，他参加了特洛伊战争，这一幕发生在他意志消沉、藏在斯盖洛斯和国王的女儿们生活在一起的时期。阿喀琉斯的同伴尤利西斯狡猾地唤起了他的战斗欲望，画面中，尤利西斯头上戴着伞形的帽子，阿喀琉斯虽然穿着女装，但听到了战争的号角后还是拿起了盾牌和头盔。图上的少女是阿喀琉斯的未婚妻，她绝望地举起双臂。

《阿喀琉斯在斯盖洛斯》，来自狄俄斯库里兄弟之家，那不勒斯国家考古博物馆藏

八

庞贝维提之家（Casa dei Vetti）的主人虽然是富有的商人，却是两位被释放的奴隶，人们在中庭发现了他们的青铜印章，外面的竞选广告中也经常出现他们的名字，其中一位是"拥奥古斯都者"，属于由皇帝谕命的某个圈子里的人，据说

要想进入这个圈子是相当不容易的，必须为公共事业付出一定的财力。

我们感兴趣的是它的壁画和列柱中庭里保存状况良好的墙饰，说白了，这院子有些像艺术馆，遗憾的是我没亲自看过，只能根据几张相对清晰的照片说几句，看看能不能满足自己和大家的好奇心。

进入大门是一个墙上画着壁画的门厅，其中一幅画，相似的内容我们在庞贝妓院见到过，只是此地的淫神普利亚普斯更夸张可笑，他竟然用天平称自己硕大的阳具。天平的另一边放着装满银子的钱袋，这有没有典故，不清楚。

一间餐厅墙上的壁画是年轻猎手库帕里苏斯因为误伤心爱的鹿而化作柏树的故事，他是阿波罗的男宠，太阳神送给他一头鹿，没想到有一天他无意中杀死了那头鹿，他在鹿的坟前伤心不已。阿波罗见他太难过了，就把他变成坟头的一棵柏树。

"普利亚普斯用天平称自己硕大的阳具"，来自维提之家，那不勒斯国家考古博物馆藏

"库帕里苏斯因误伤心爱的鹿而化作柏树"，来自维提之家，那不勒斯国家考古博物馆藏

家神坛的壁画近似百年纪念宅的《巴库斯和维苏威火山》，因为它们所处的地位一样。坛面是用泥灰粉刷的，正中间画着一个着托袈盛装的神祇正在进行酹酒礼，两边有两个手持角杯跳舞的家神。上面画着一条头上长冠子的蟒蛇，蟒蛇是家神像中常见的吉祥物。

维提之家最有趣的是一系列小丘比特从事各行各业的壁画，他们在制油和卖油、打铁、收割葡萄酿酒卖酒，表现得非常快乐。可惜图片很不清晰。

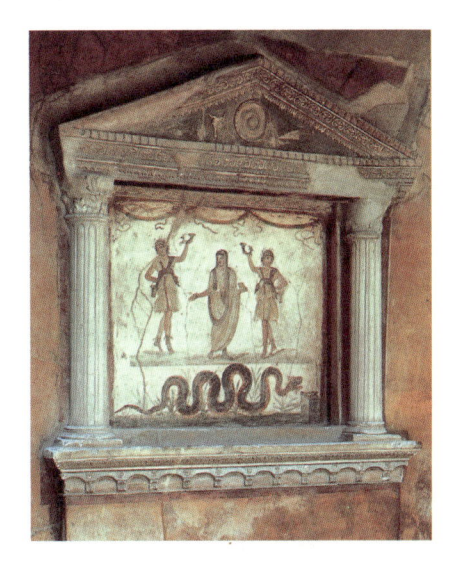

维提之家的家神坛壁画

"小丘比特从事各行各业"，来自维提之家，那不勒斯国家考古博物馆藏

九

因为时间匆忙，我错失了密仪山庄等值得一去的地方。可是，有一个豪宅农牧神之家，我还是认真找到并仔细看了，后来又去那不勒斯国家考古博物馆对照了来自农牧神之家的所有真迹，可谓受益匪浅。

农牧神之家是庞贝规模相当大的私人宅邸，它占据了一整条狭长的街区，应该为罗马帝国的权贵家庭所有吧。

这组建筑是古意大利传统的以中庭为中心的豪华建筑形式与来自希腊的以柱廊式庭院为中心的民居建筑形式相结合的典型范例。

整个建筑分两个时期建成，第一部分建于公元前2世纪，它只包括第一个柱廊庭院；同一个世纪的末期，人们增加了以第二个柱廊为中心的部分，最后确定了我们今天所见到的规模。

过了门厅，就是一个大型的古托斯卡纳式中庭，中庭正中的承雨池底镶嵌的是五彩的菱形图案。水池中央立着一尊正在舞蹈的农牧神青铜雕像，这所房子因此得名。（Giuntoli. *Art and History of Pompeii*）

农牧神之家的农牧神青铜雕像

这尊有着突兀的耳朵、翩翩起舞的人物后来被更正为森林之神,真品收藏在那不勒斯国家考古博物馆。

毛乌在《庞贝的生活与艺术》中评论道:

塑像清晰地表现出节奏分明的动感,伴随着舞蹈的进行,森林之神用响指打着节拍,强壮身体中的每一块肌肉都紧绷着,姿态极富技巧。塑像的前额中有凸起的角,耳朵是尖的,体现出这个半是野兽的家伙的非人本质。脸部充满了粗俗的狡黠,看不出丝毫的高尚情操或道德感。这里,我们看到的是纯粹身体快感的人格化。森林之神狂喜地享受着自由运动的愉悦,不知疲倦地舞动着,显得极为放松、极其优雅,不为良心的不安所烦恼。

十

1831年10月24日,人们在农牧神之家中央柱廊一边的长方形敞开式座谈间的地板上发现了大规模的《亚历山大之战》(5.82米×3.13米)的马赛克镶嵌画,它由100多万片细小的彩色嵌片镶嵌而成,每平方厘米有15到30块镶嵌块。它在古代就已经遭到部分损坏,损坏最严重的是在公元62年的地震中,现在仍然可以看到人们用灰泥作为黏合剂,用较大的嵌片进行修补的痕迹。

画面描述的应该是亚历山大与波斯王大流士的最后一场会战,结果是波斯帝国灭亡,亚历山大宣布自己为"亚洲之王"。

普鲁塔克在《希腊罗马名人传》中描述了战争最激烈的片刻:

两军的前锋还未接战,蛮族开始退缩不前,在亚历山大的穷追猛打之下,把败退的敌人赶向战线的中央,也就是大流士所在的位置。亚历山大越过

《亚历山大之战》（马赛克镶嵌画），来自农牧神之家，那不勒斯国家考古博物馆藏

最前面的行列，在很远的地方就看到大流士，他身处卫队之间，一个身材挺直相貌英俊的男子，站在一辆高大的战车上，无数最优秀的骑士在旁护卫，围绕着战车，排成密集的队形，准备迎击敌人。亚历山大的到来让人惊惧万分，迫得后退的人群逃向固定的阵地，以致全体敌军不堪一击四散奔逃。只有少数最勇敢的士兵仍在抵抗，他们在国王的面前被杀，成堆的尸体倒下去，有些人在濒死之际还在奋力拒止骑兵的前进。大流士眼见大势已去，在前面保护他的军队被驱退，转过身朝着他蜂拥而来，他的战车无论是转动还是脱离都很困难，车轮纠缠受阻于尸体，不仅让马匹无法行动，还几乎将它们掩盖起来，使得它们完全不听驾驭。御手在惊恐中毫无办法可施，处于这种极其惊险的局面，大流士只有抛弃他的战车和铠甲，据说是骑上一匹刚生过马仔的母马逃走。

乍看这幅马赛克画，人们也许会把右侧高大者看成主人公，因为左方那

《亚历山大之战》（复原图），来自农牧神之家，那不勒斯国家考古博物馆藏

位不戴头盔的英雄部分已经缺失，画面有利于右方。可仔细看，这位英雄气势压倒了对方，他以一当百，向前面的敌人猛烈攻击。

画面印证了普鲁塔克的描写，大流士在亚历山大的逼迫下溃不成军。

我们这两年在意大利的拉文纳、威尼斯和西西里的古罗马别墅看了大量的马赛克画，可是，看到《亚历山大之战》仍是惊艳。

这幅马赛克镶嵌画的创作蓝本是早期希腊时期（公元前4世纪下半叶）的一幅巨作，关于原始蓝本，人们至今仍在争论不休，到底是菲洛克西诺斯为国王卡山德创作的陈列于佩拉的马其顿皇宫的镶嵌版绘画，还是埃及画家海莲娜、泰门之女创作的伊苏斯之战，至今未有结论。

《亚历山大之战》的画面布局之宽可谓是空前绝后，画面上容纳的战士和战马都处在一种极其兴奋的狂乱状态之中，齐刷刷朝向天空的长矛更是强化了这种紧张的氛围。

这幅画在古代十分著名，它曾经被复制在伊特鲁里亚的骨灰瓮上，也被复制成陶瓷杯上的浮雕画。用在庞贝马赛克画上的技术是十分老到的蠕虫状纹样工艺。

《亚历山大之战》是庞贝艺术品的头牌。

十一

在那不勒斯国家考古博物馆放置《亚历山大之战》的展室旁，还有一些农牧神之家的马赛克精品，不论是其精良的工艺水平还是其丰富的主题，自其出土之日起，就一直盛名远扬。

农牧神之家各个房间奢华的马赛克装饰面板（浮雕）上，描绘了绚丽多姿的酒神节狂欢世界和希腊剧场场景。入口位于房屋门廊和托斯卡纳天井之间，里面的浮雕装饰是两位戴着长卷假发的悲剧女性，周围是多姿多彩的水果花饰；宴会厅中一块浮雕装饰板上描绘的是小孩样貌的酒神狄奥尼索斯骑着一头老虎，走在装饰有戏剧面具的植被层中央，另一块浮雕装饰板上描绘了一群海洋生物正在围观龙虾捕猎乌贼；敞开式座谈间入口处的马赛克镶嵌画上描绘的是极具异域特色的埃及场景，以尼罗河为背景的风景里满是水鸭、蛇、鳄鱼和河马。

农牧神之家装饰的马赛克精品都出自活跃于公元前2世纪末期到公元前1世纪初期的意大利亚历山大学院派的能工巧匠，而庞贝的马赛克艺术可以追溯到普林尼所记录的在马赛克地面中央镶嵌徽章的习俗，这些徽章（浮雕）都是用彩色的镶嵌小块拼接而成，这一技术被记载于公元前2世纪下半叶的罗马文献《博物学》中。

"两位戴着长卷假发的悲剧女性",
来自农牧神之家,公元前 2 世纪末—前 1 世纪,那不勒斯国家考古博物馆藏

"酒神狄奥尼索斯骑着一头老虎",
来自农牧神之家,那不勒斯国家考古博物馆藏

"一群海洋生物正在围观龙虾捕猎乌贼",
来自农牧神之家,那不勒斯国家考古博物馆藏

"满是水鸭、蛇、鳄鱼和河马的尼罗河风景",
来自农牧神之家,那不勒斯国家考古博物馆藏

第三章 庞贝宅邸与它的艺术品 105

十二

除了农牧神之家的马赛克,我对那不勒斯国家考古博物馆的其他两幅马赛克作品也很感兴趣。

《流浪乐师的寓言》是一幅描绘一群巡回乐师的马赛克画,来自庞贝的西塞罗别墅中庭周围的房间,分为两块,都标注着迪奥斯科里季斯的签名。其中一块描绘的是向女巫咨询的场景,这一幕起源于罗马剧作家米南德的戏剧剧情。这幅马赛克画上的街头乐师戴着米南德《新喜剧》里三个角色的面具,正在朝右侧房子的大门走去,他们打着手鼓、演奏类似铙钹的乐器和双长笛,走在最后的小男孩则吹着喇叭。

另一幅马赛克画是来自庞贝大宅接待室地板上的《女性肖像》,接待室是位于中庭和柱廊之间的房间。

《流浪乐师的寓言》(局部),来自西塞罗别墅,那不勒斯国家考古博物馆藏

迪雷塔描述道：

她的面部可以清楚地表明其个性，眼皮浮肿，深眼窝，嘴唇分开，这些特征都体现出人物的悲伤，还可以此推断她的社会地位以及道德价值观。她的眼神直接看向目标物，显露出她逐渐消褪的美貌。她的头发梳成一个发髻，这是共和时期的时尚，那对珍珠镶金耳环和同样材质的项链则彰显了她的贵族品味。（迪雷塔·哥伦布编著《那不勒斯国家考古博物馆》）

《女性肖像》，来自庞贝大宅，那不勒斯国家考古博物馆藏

十三

考古学家发掘农牧神之家时发现了一具女性尸骸，她手指上的戒指告诉我们，她叫卡西亚。最让人惊讶的是卡西亚臂膀上的一对蛇形金手镯。

它们由黄金丝带巧妙地在头和尾部绕成V形，为了做成自然的蛇状，黄金表面刻有密集蛇皮花纹并缠绕了两圈。蛇的头部完全采用仿真雕刻法，用玻璃膏或者半宝石材质制作的眼珠衬托出爬行动物的特点，不幸的是半宝石已经丢失了。金蛇半张的嘴巴让人们可以看到牙齿和舌头，舌头是用极薄的金属箔制成的。（迪雷塔·哥伦布编著《那不勒斯国家考古博物馆》）

《一对蛇形金手镯》，来自农牧神之家，公元前2世纪—前1世纪，那不勒斯国家考古博物馆藏

  不管是作为女主人，还是主人的女儿，卡西亚应该很喜欢古罗马特有的晚宴排场。

  古罗马晚宴通常在下午三点至四点客人们例行去过浴场之后举行，精彩的晚宴要持续六到八个小时，现代生活唯一能与之匹敌的只有婚宴吧。

  晚宴的最多人数是九人，人们可以斜倚在三张躺椅上。众所周知，古罗马人的进食姿势很特别：身子侧躺，左手端着盘子，右手将食物塞进嘴里。宾客并排躺着，不穿鞋子，赤裸的脚丫经过了清洗。

  当然，如果和朋友共进晚餐，就不必如此正式，人们会不断改变躺姿，从一只手肘换到另一只手肘，或是靠在两只手肘上，又或是转身和躺在后方的人交谈。

  据《原来，古罗马人这样过日子！》描述，卡西亚家那天晚餐的第一道菜是"大型托盘上放了许多塞满鱼子酱的龙虾，它们沿着刨冰筑成的火山边排放，宛如高脚杯的火山口放置了大量牡蛎，海鳝则泡在热腾腾的酱汁里，在周遭形成一条环带"。

这个沉重的结构几乎高达一米，得靠三名奴仆合力才能抬过来，可说是罗马晚宴的特色。

接着，"一个装饰精致的大盘子上场，上有番红花和蛋搅拌成的黄色酱汁，它模仿沙漠的沙，中央是某种冒着黑烟的怪异物体"。它们是单峰骆驼的蹄子，从埃及引入北非，成为罗马人的晚宴佳肴。

晚宴继续。接着是烤肉，那是一头先用水煮熟的小牛，牛角间装饰着一顶头盔，份量之大，得用担架抬来。负责切肉的奴隶则穿着特洛伊战争英雄埃阿斯的戏服，用一把锐利的剑为宾客把肉切成一份份。

终于，仆人们搬开桌子，将漆成红色的木屑洒在地上，这表示晚宴的主要部分已经结束了，然后仆人会端上甜点和水果。甜点是精巧的糕饼和一个大蛋糕。水果大多是苹果、葡萄和无花果。

突然，农牧神之家的餐厅响起了一首新曲调：

充满异国情调，舞者从两侧出现，伴着响板的塔嗒声响，风情万种地舞动着身躯。这种舞蹈在罗马十分出名，舞娘通常被称为噶黛兹（Gadez），因为她们多半来自西班牙南部安达鲁西亚的一个城市卡地兹（Cadiz）。令人吃惊的是，在今日的西班牙，此地区仍可欣赏到一组非常知名的舞蹈，它和这个舞蹈相当类似，甚至也使用响板，这就是弗拉明戈舞。（阿尔贝托·安杰拉，《原来，古罗马人这样过日子！》）

这些舞娘非常性感，在夜晚时刻，带来了各种可能……

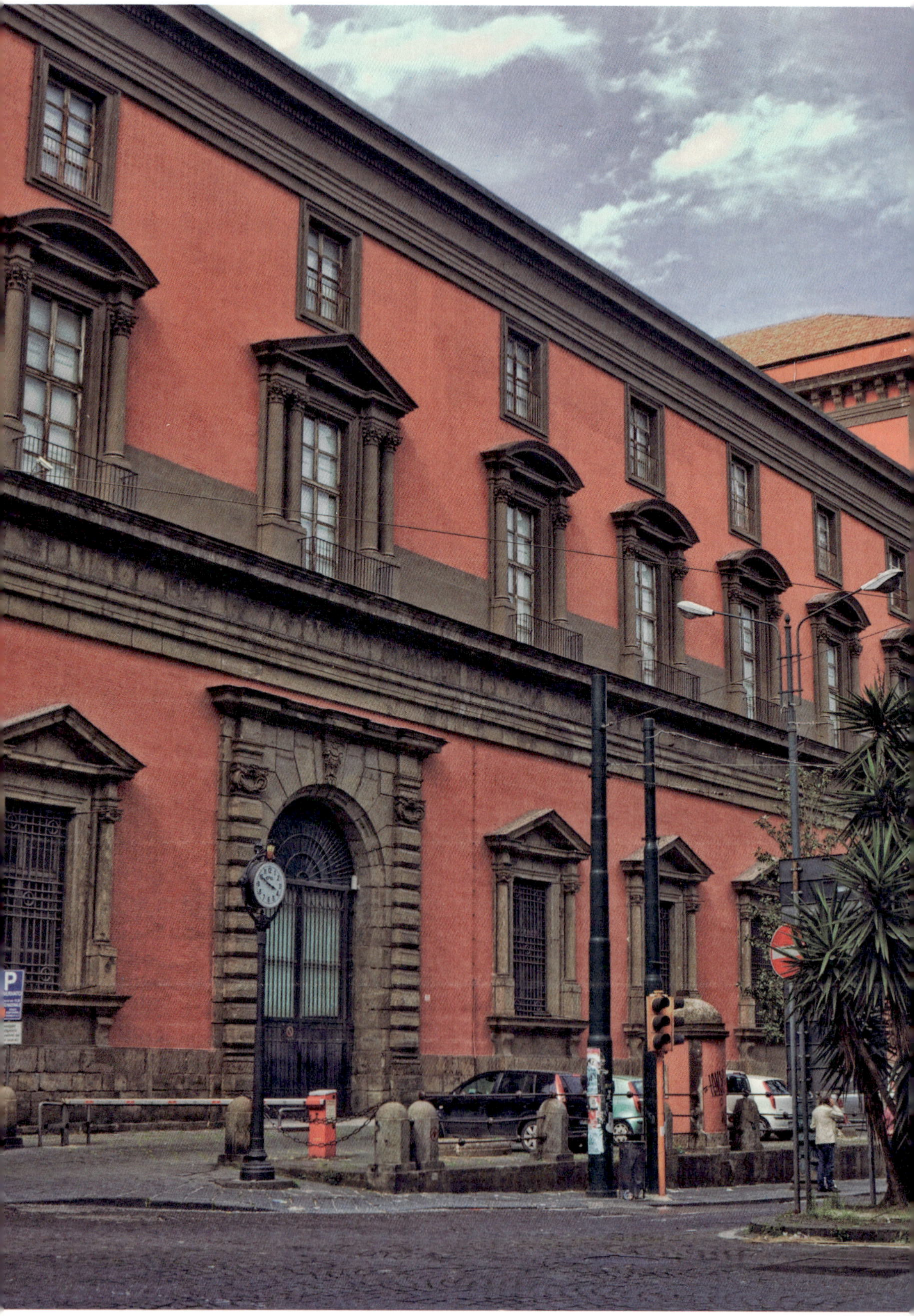

第 四 章

那不勒斯国家考古博物馆

（上）

考古博物馆的第一个亮点是法尔内塞藏品，它是罗马文艺复兴时期最为著名的文物收藏品，始于出身于法尔内塞家族的教皇保罗三世。

一

那不勒斯国家考古博物馆坐落在老城区，我们花了一天时间在里面闲逛，直至筋疲力尽。

考古博物馆的第一个亮点是法尔内塞藏品，它是罗马文艺复兴时期最为著名的文物收藏品，始于出身于法尔内塞家族的教皇保罗三世。这位教皇曾颁布一条法令，授权自己的家族以教皇专属的名义四处搜罗大理石和石制雕塑，用以筹建和装饰他本人在罗马的教皇宫苑——法尔内塞行宫（即今天的法国大使馆）。收藏的规模在教皇的孙子，即红衣主教亚历山德罗的手上得以大力扩展，那个时候的法尔内塞收藏品规模包括400多件雕塑，还有大量的油画、珠宝、书籍和草图。

大部分重要的艺术收藏品都集中在行宫中，或是陈列于拱道，或是伫立于庭院花圃，抑或是展出于宫廷接待室。法尔内塞行宫还收藏了一部分米开朗基罗的杰作。

卡拉卡拉浴场发掘出的雕像群即使到了今天，仍是最具价值的艺术杰作之一。1545年，人们在卡拉卡拉浴场发掘出了著名的《法尔内塞公牛》雕塑，一年之后又发掘出了《法尔内塞大力神》雕像。其中，《法尔内塞公牛》则是和梵蒂冈博物馆里的《拉奥孔》齐名的古代艺术杰作，普林尼在《博物学》上也将两者并称为杰作。

二

法尔内塞的藏品均在那不勒斯国家考古博物馆一楼展厅内，很是醒目。我对古罗马的雕塑看得不多，好在有官方指南手册，可以逐一对照欣赏。

我们当然先去看《法尔内塞公牛》。

《法尔内塞公牛》,来自卡拉卡拉浴场,那不勒斯国家考古博物馆藏

这一巨大的雕塑展现的是惩罚狄耳刻的神话传说，狄耳刻是底比斯国王吕科斯的妻子，惩罚她的是美丽的安提奥珀所生的双胞胎儿子安菲翁和仄忒斯，传说这对双胞胎是安提奥珀和化身为半人马的宙斯所生。

相传安提奥珀被她的父亲尼克忒奥斯驱逐，她作为仆役和叔叔吕科斯一家生活在一起。吕科斯的妻子狄耳刻因为嫉妒安提奥珀的美貌而对她百般虐待，这对双胞胎儿子为了帮母亲复仇，就把狄耳刻绑在牛角上。公牛拖着狄耳刻撞上了岩石，把她活活撞死。

这座雕塑与《拉奥孔》一样都隐含着悲剧和残忍。

虽然雕塑与绘画不同，可以360度地观看，但每个角度和侧面都能看出味道来的雕像并不多，群雕《法尔内塞公牛》却能如此。在我的记忆中，梵蒂冈的《拉奥孔》擅长正面刻画，《法尔内塞公牛》正面的气势固然极佳，侧面的细节也很耐看，比如极为写实逼真的篮筐和扑上去撕咬猎物的狮子，最有趣的是在如此惨烈的场景下，有头小鹿慢条斯理地在山上晃悠。

普林尼曾记录了一件与《法尔内塞公牛》相似主题的雕塑，创作者是来自活跃于公元前2世纪的罗德斯学院的阿波罗尼奥斯和托里斯库斯。所以，一些人认为《法尔内塞公牛》就是那件作品，但另外一些人认为它只是复制品而已。

1788年，这一杰作在战舰的护送下运往那不勒斯，安置在皇家庄园花园的中央喷泉之上。1826年，《法尔内塞公牛》成为那不勒斯国家考古博物馆正厅的永久馆藏。

三

雕像《法尔内塞大力神》自1546年在卡拉卡拉浴场被发掘出来后，在法尔内塞行宫的庭院里一直待到1787年，然后这尊雕像被运到那不勒斯，一开始是在卡波迪蒙特博物馆，1792年被移到另一家新开的博物馆。在法兰西统治下的动荡年月里，这尊雕像受到拿破仑的觊觎，他曾经三次试图将其转移到法国，最终都以失败告终。

人们曾对《法尔内塞大力神》进行了若干次修复，最著名的一次应该是受米开朗基罗委托，古列尔莫·德拉·波尔塔重新制作了缺失的大腿部分，当雕像原本的大腿部分被重新找到的时候，法尔内塞家族却拒绝更换新制的大腿，理由是"将古代杰作和现代雕塑融合起来更易于对比"。

之后不久，博盖塞家族将这尊雕塑赠送给那不勒斯国王，而后，统治那不勒斯的波旁王室下令用原本的大腿替换了新制成的大腿。

《法尔内塞大力神》，来自卡拉卡拉浴场，那不勒斯国家考古博物馆藏

岩石块下方的铭文上记录了《法尔内塞大力神》的创作者是来自雅典的雕塑家格利孔，它复制了古希腊雕刻家利西波斯的大型青铜像《休憩中的大力神》。

大力神身上逼真细致的肌肉表明雕像的风格是现实主义的，它描绘了希腊神话中的大力神为了摘取天后赫拉的赫斯珀里得斯花园里的三只金苹果而刚刚结束一场战斗后的模样。这位英雄靠在夹在左腋下的长棍上，低垂着头，身上的肌肉表现出其体格的强壮。意大利艺术史作者迪雷塔·哥伦布评论道："这和普遍意义上强悍的英雄形象相去甚远，亚历山大大帝的死亡和他政治梦想的沉落已经强烈撼动了人民对于英雄形象的假想，这座雕像的与众不同则进一步揭示了自古典时期以来英雄形象的巨大变化。"

《法尔内塞大力神》（局部），那不勒斯国家考古博物馆藏

我在展览大厅的椅子上坐了良久，看着这位有些力不从心的大力神颇觉纳闷，迪雷塔的这番话倒是点醒了我。

大力神放在后腰的右手捏着三只金苹果，有点趣味。

四

看看两尊半身像吧。

《卡拉卡拉》半身像原为1568年的法尔内塞收藏，17到18世纪，这尊半身像的名声很臭，主要是因为皇帝卡拉卡拉脾气暴躁，又有残杀手足的恶名。《卡拉卡拉》的创作者在细节上很好地展示了这位暴君，德国艺术史家温克尔曼写道：

即便是希腊大雕刻家利西波斯，也不可能创作出比它更加臭名昭著的形象了。（Cappelli and LoMonaco. *The National Archaeological Museum of Naples*）

《卡拉卡拉》，那不勒斯国家考古博物馆藏

自古典时代以来，人们就开始了针对荷马这位伟大的古希腊诗人脸部的重塑，这一传统一直延续到古罗马帝国的覆灭。

因此，我们现在看到的《荷马》半身像就是所谓的"重塑"肖像。艺术家致力于重塑几个世纪以来这位游吟诗人神秘的形象，他的肖像的独特之处在于其失明和衰老，失明是鉴于一直以来人们对于这位诗人的记忆和印象，衰老则是鉴于学者或知识分子一贯具备的沧桑感。这尊肖像画似的荷马雕塑在古典时代十分受欢迎，人们总是将其设置在圣殿或是图书馆中。克里斯托鲁斯在看到君士坦丁堡浴场里的诗人雕像时说：

《荷马》，
安东尼复制，138—192年，
那不勒斯国家考古博物馆藏

……这位长者虽然饱经风霜，但岁月在他脸上留下的却是智慧和优雅的荣光，世人的尊敬和钦佩缔造了他的威望，令他如光辉般灿烂……他的双手紧握手杖，像一个真正的男子汉那样傲立于世间。他的右耳朝向某个方向，仿佛是在聆听阿波罗的神谕，又好像是在聆听附近的缪斯给他的启示……

（Cappelli and LoMonaco. *The National Archaeological Museum of Naples*）

五

雕塑《刺杀僭主者》面对展厅的入口，使人一目了然。

公元前514年，两个雅典的贵族青年哈尔摩狄奥斯和阿里斯托革顿刺杀了暴君皮斯特拉妥的幼子希帕库斯，并为此付出了生命的代价。四年后，暴君被放逐，雕塑家安忒诺尔为两个年轻人打造了两尊青铜塑像，安置在集会场上。

《刺杀僭主者》，公元前2世纪，
来自哈德良别墅，
那不勒斯国家考古博物馆藏

雅典的民主党派后来将他们的姿势作为象征自由的符号。

公元前480年，波斯人攻占雅典城，他们将这两尊雕塑作为战利品运回了苏萨城。一个半世纪之后，亚历山大大帝的继任者将它们完璧归赵，送回了雅典城。

成功击败波斯人之后，雅典人决定制作一个新的雕塑组合，并将这项重任委托给了克里蒂乌斯和内西奥特斯。这组雕塑的人物形象和姿势成为爱国主义的符号，也是古阿提卡祭祀仪式的符号，还留存在如今的硬币或是花瓶浮雕上。

那不勒斯国家考古博物馆的两尊雕像的基座上清晰地标明了这是公元前2世纪的一件大理石复制品，被发掘于蒂沃利的哈德良别墅。

这两尊雕塑是典型的"严肃风格"。雕像人物的身材结实有力，但缺乏流畅感和线条感。雕塑刻画了动态中的人物：没有胡子的年轻人哈尔摩狄奥斯举起手臂准备袭击，阿里斯托革顿则向前伸出了手臂以护卫自己的同伴。

这组雕塑在古代就十分著名，因为这组雕塑引入了彼时希腊人一无所知的"伊奥尼亚式"雕塑风格，就像普林尼所记录的那样：

  传统上，只有那些因为有杰出的贡献而永垂不朽的人物才有资格制成肖像雕塑供人瞻仰：首先是那些赢得了某些神圣比赛的人，特别是奥林匹克竞赛，为奥运冠军制作肖像雕塑是很常见的，如果有人连续三次夺得冠军，他的雕像会是包括四肢在内的全身雕像。也正是这个原因，人们称其为"伊奥尼亚式"雕像。我不知道雅典人是不是为了纪念刺杀僭主者（哈尔摩狄奥斯和阿里斯托革顿）而率先将制作这类雕像划入公共财政支出的范畴——但是这一习惯后来为全世界所通用。（Cappelli and LoMonaco. *The National Archaeological Museum of Naples*）

六

  《法尔内塞的阿特拉斯》是以公元2世纪希腊早期的雕塑原型为蓝本而制作的复制品，雕塑描绘的是阿特拉斯，泰坦巨神之一，他和克洛诺斯（宙斯之父）结盟，共同对付奥林匹斯诸神。最后奥林匹斯诸神征服了泰坦巨神，天地回归原样，宙斯惩罚阿特拉斯以双肩掮天。法尔内塞家族收藏的这尊雕塑上的球体，非常全面地描绘了黄道十二宫，根据近来的理论，这上面描绘了古希腊天文学家来自尼西亚的喜帕恰斯于公元前129年绘制的著名星表。这尊雕塑原本是图拉真广场图书馆的装饰雕塑。

《法尔内塞的阿特拉斯》，
公元2世纪，
那不勒斯国家考古博物馆藏

七

下面介绍三件爱神的雕像,爱神在希腊叫阿芙洛狄忒,在罗马叫维纳斯。

《卡利佩吉亚的维纳斯》是在发掘古罗马金宫时发现的。传说有一对姐妹为了比较彼此的美貌,就叫一位年轻人来评判,不料姐妹俩分别爱上他和他的兄弟,因此姐妹俩建造了"卡利佩吉亚的维纳斯"神庙。雕像中的女神正准备去沐浴,她转过头欣赏自己倒映在水中的优美胴体。此尊雕像很性感,迥异于神像的样式,更像是一位舞者。

这尊裸体女性雕像采用的是早期希腊时代典型的"洛可可风格",这一风格在普拉克西特利斯的杰作《尼多斯的阿芙洛狄忒》问世后开始为世人所知。这种类型的雕塑是用来装饰喷泉的。

《卡利佩吉亚的维纳斯》,
来自古罗马金宫,
那不勒斯国家考古博物馆藏

《卡利佩吉亚的维纳斯》十分著名,因此它的复制品也有很多,其中包括青铜复制品和宝石雕塑等。它出土后,阿尔巴奇尼对雕塑的头部、肩膀、左手臂和织物、右手和右侧腰部都进行了十分粗陋的修缮。

《卡普亚的阿芙洛狄忒》中的女神呈半裸状,精致的织物随意地搭在她的下半身上,她的一只脚站在情人——战神阿瑞斯的头盔上,用战神的盾牌当镜子照,但原本作为雕像一部分的盾牌已经遗失了,女神双手的姿势可以证明这一点。

迪雷塔提醒我们注意：阿芙洛狄忒卷曲的头发从中间分开，向后梳成一个发髻，前额上部戴着一只发箍。无论是从发型还是从发饰看，都是罗马复制者模仿的希腊原作。

这尊雕塑原本是用来装饰卡普亚竞技场的观众席柱廊的。

卡普亚曾被西塞罗定义为意大利最大最富有的城市，城里有个雄伟的露天剧场（竞技场），始建于公元2世纪初，著名的角斗士斯巴达克就在这里演出过，是古代仅次于罗马斗兽场的第二大露天建筑。当时，里面装点着成百上千件雕塑作品、浮雕以及珍贵的彩色大理石。

《苏珊德拉的阿芙洛狄忒》雕像是在发掘巴亚浴场时发现的。女神身穿希顿古装，长长的斗篷从她的头部一直覆

《卡普亚的阿芙洛狄忒》，
那不勒斯国家考古博物馆藏

盖到小腿，仅露出她美丽的鹅蛋脸。1950年代，人们在巴亚的浴场—剧院复合建筑里发现了它。这是一尊尚未完工的雕像，表面明显呈半完工状态。它是以约公元前465年的"简洁式样"的青铜雕塑为蓝本的早期复制品，目前所知，这一雕塑的古代复制品有20多个版本，原始的青铜雕塑出自皮奥夏地区的古希腊雕塑大师卡拉米斯之手，原来陈列于雅典卫城的入口处。

《苏珊德拉的阿芙洛狄忒》，来自巴亚浴场，那不勒斯国家考古博物馆藏

八

那不勒斯国家考古博物馆的中层陈列着帕比里庄园（the Villa of the Papyri，也被称为莎草别墅）收藏的文物。别墅位于赫库兰尼姆大门处，在一个可俯瞰大海的梯田式斜坡上。火山爆发时，它被埋葬在火山沉积物30米下。

帕比里庄园里收藏了将近100件雕塑制品（65件青铜雕塑和28件大理石雕塑）及超过1000卷莎草纸卷轴。至今，人们对于庄园主人身份的说法莫衷一是，近来的研究结果更偏向于公元前15年的执政官卢修斯·卡尔普尔尼乌斯·庇索大祭司，他是尤利乌斯·凯撒的岳父兼公元前58年的执政官凯索尼努斯的儿子。

可以确定的是，这座庄园属于共和国晚期、奥古斯都时代早期的罗马上流贵族。

别墅中央带游泳池的大列柱廊里装饰有著名人士（国王、将军、哲学家、演说家，还有一些酒神节的人物）的肖像雕塑和体育运动主题（奔跑者、赫尔墨斯和大力神等）的雕塑。

50尊被称为舞者的青铜雕塑就设置在走廊旁，这可能是用来装饰罗马帕拉丁地区的阿波罗神庙柱廊的达那俄斯的50个女儿的雕塑。

别墅的中庭布置以酒神节为主题（其中包括不少的塞利努斯雕塑，萨梯和丘比特的雕塑用作喷泉顶部装饰），此外还有古希腊皇室的雕像装饰（比如托勒密二世和比提尼亚的尼科梅德斯一世半身像）。

躺卧式餐厅里的雕像较难识别。别墅里发现了很多莎草纸卷轴，收藏卷轴的房间旁边还有一间阅览室。此外，这里还出土了八尊古希腊作家和哲学家的青铜半身像（其中包括伊壁鸠鲁和德莫斯梯尼）。

莎草纸绝大多数是一位公元前1世纪信奉伊壁鸠鲁学说的哲学家菲罗戴莫斯所著，伊壁鸠鲁推崇的生活方式是非常简朴的，但到了公元前1世纪，它已变成自我放纵的代名词，特别是在享受美食方面。

菲罗戴莫斯除了撰写殷切表达其哲学思想的著作外，还留下一些活泼甚至是淫荡的讽刺短诗，包括这首献给他的情妇菲拉涅的诗：

她总是乐于满足/我的任何愿望，并从不/要求回报。

美国加州马里布的保罗·盖蒂博物馆完整地再现了帕比里庄园，包括设有柱廊的花园、水池和雕像。

九

德国艺术史家温克尔曼将《达那俄斯的女儿们》这五尊女性青铜雕像视为"舞者",后来她们又被视为用来储水的水樽。但是近来,她们的身份被认为是达那俄斯的女儿们,据说她们在父亲的教唆下谋杀了自己的新郎(或说是堂兄弟),因为她们的父亲想要报复自己的哥哥埃古普托斯,所以这五个女儿遭到了被一直浇水的永久性惩罚。

这一主题最具有代表性的是罗马帕拉蒂尼的阿波罗神庙的门廊装饰,50尊女孩雕像和50尊骑在马背上的新郎雕像象征着奥古斯都在亚克兴海战中战胜了埃及。赫库兰尼姆发现的这五尊"舞者"雕像很有可能也是出于同样的象征

青铜雕像《达那俄斯的女儿们》,
那不勒斯国家考古博物馆藏

意义，它复制了奥古斯都时代的"严肃风格"。最近的一项假设是火山喷发时，这五尊雕像是伫立在长方形的列柱廊之中的，因为别墅内部正在重建。她们原本所在的位置应该在长方形列柱廊的水流管道边上。

十

来自帕比里庄园的青铜半身像《所谓的塞涅卡》刻画的是一位历尽沧桑的老人的形象，他的胡须和头发都很凌乱，眼睛凹陷，颧骨突出，再往上看，他的额头上有深深的皱纹。

这尊塑像是奥古斯都时代的复制品，原件是公元前2世纪有名的雕塑，迄今人们已经找到了50个复制品。

遗憾的是，我们却无法断定他是谁。

很长一段时间里，考古学家都认为这是斯多噶主义哲学家塞涅卡，他是尼禄的老师，最后被迫自杀。

但人们现在不这么自信了，有人认为这是罗马剧作家米南德，有人认为是著名的希腊诗人赫西奥德，有人认为是流浪的奴隶希腊寓言家伊索，等等。

总之，它非常真实，着重体现了人物"贫穷和苍老"这些特征，其脸庞透露出主人日复一日的劳作和艰难的生活，同时也表达了人物内在的活力和高尚的智慧。这样的雕刻风格和古希腊对于农民和渔民的雕刻非常类似。

青铜雕像《所谓的塞涅卡》，
来自帕比里庄园，
那不勒斯国家考古博物馆藏

十一

人们在帕比里庄园位于中庭和柱廊之间的接待室发现了《雅典娜普罗玛琪斯》大理石塑像,这是一位"战斗在最前线者"。据《那不勒斯国家考古博物馆》的编著者迪雷塔分析,雅典娜正停下她急促的脚步,瞄准目标准备投掷长矛,她头部戴着装饰有狮鹫花纹的雅典头盔,拥有"埃吉达"(盾牌),上面覆盖着用母乳喂养宙斯的山羊阿马尔塞的皮,中间是美杜莎长满毒蛇的头像。

这尊古典风格的大理石雕像也是复制品,原作创作于公元前5世纪中期,被安置在雅典卫城。

《雅典娜普罗玛琪斯》,
来自帕比里庄园,
那不勒斯国家考古博物馆藏

这尊雕像给我的感觉是英姿飒爽,印象中的智慧女神兼女战神就是这副模样。

十二

青铜雕塑《休憩中的赫尔墨斯》(主人公被描绘成一个坐着的年轻人)是帕比里庄园大列柱廊的装饰之一,风格契合了酒神节的宗教特色和古希腊的运动理念。

多年以来,人们一直认为它是公元前4世纪下半叶利希波斯的雕塑的复制品。还有一种更具说服力的观点称它是以利希波斯的风格为基础的一项折中创作，并将其认定为"维纳斯的赫尔墨斯"，因为这尊塑像和另一尊雅典娜的雕塑分别占据列柱廊的两边。

《休憩中的赫尔墨斯》也反映了古罗马人对于悠闲生活的向往，与之相对应的女神雕塑则代表劳作。它们的布置方式在一定程度上可以帮助我们理解列柱廊存在的意义，这里的列柱廊被当成是别墅里的健身场所。

古人对雕像脸部应该有所修缮，其面孔呈现出共和国晚期帝国早期的人物雕像风格，这一点也可以证明它出产于本地区。

同样放置在别墅的长方形柱廊里的《奔跑者》这组雕塑，可能也想表明列柱廊作为健身场所的功能。

《奔跑者》刻画了真人大小的裸体男青年，看样子他们正准备开始一场赛跑，他们的左腿朝前屈起，右腿在后，脚后跟向上抬起。过去，人们认为这组雕塑描绘的是两个正在全神贯注地准备摔跤比赛的运动员，或者是掷铁饼的运动员。现如今的人们似乎更能接受他们是准备赛跑的运动员的解读。

青铜雕塑《休憩中的赫尔墨斯》，来自帕比里庄园，那不勒斯国家考古博物馆藏

青铜雕塑《奔跑者》，来自帕比里庄园，那不勒斯国家考古博物馆藏

这两尊雕塑所复制的蓝本应该是利希波斯雕塑学派，时间可以追溯到公元前4世纪末期到公元前3世纪早期。

十三

青铜雕像《西流基一世》刻画的是一个中年男子，他的头部微微倾斜，头上到后颈处绑了条带子。人们通过和钱币上的国王肖像比对，普遍认为这是塞硫古帝国的建立者、国王西流基一世的雕像。我们很难辨别这尊雕像复制的原作的身世：几个可能的原件创作者的候选人有利希波斯、阿里斯托得摩斯和近来呼声甚高的提西克雷特斯。

青铜雕像《西流基一世》，
那不勒斯国家考古博物馆藏

《男性半身像》（即所谓的托勒密·阿皮翁）的发型十分别致：他的头发被编成了一个个细细的波浪卷，紧贴着头皮，由一根缎带自前额处向后，在颈背处固定。这一不寻常的头饰引发了无数的问题，特别是关于雕像人物的性别，到底是他还是她，无从识别。

18世纪的时候，赫库兰尼姆学界认为这尊雕像的真实身份为国王托勒密·阿皮翁；此外，还有人认为是公元前58年的执政官奥卢斯·伽比纽；或是公元前4世纪活

青铜雕像《男性半身像》，
那不勒斯国家考古博物馆藏

跃于托勒密一世王宫中的长笛演奏者泰斯庇斯；抑或是阿拉伯王国的统治者之一（其在硬币上的肖像与这尊半身像十分相似）。

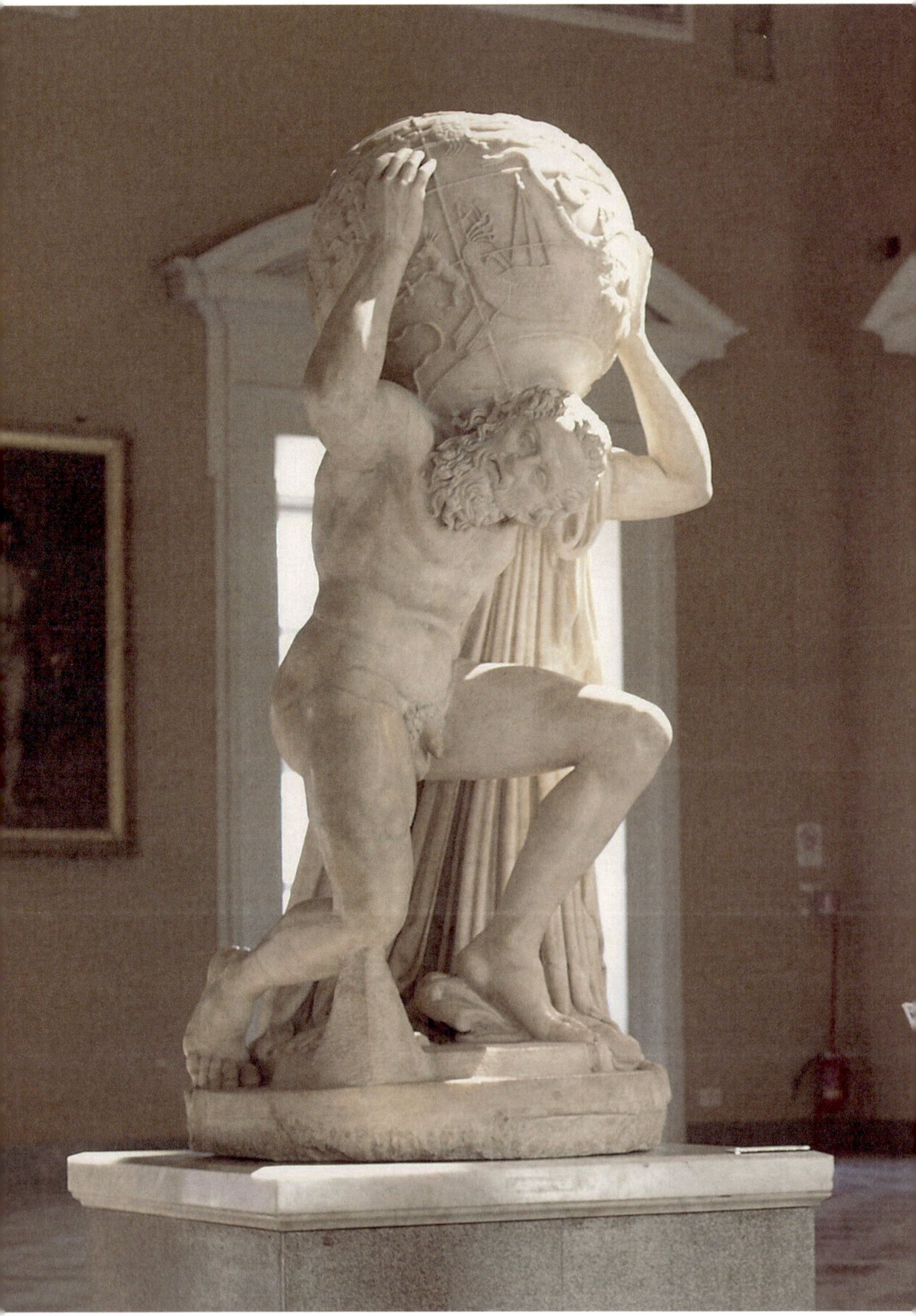

第 五 章

那不勒斯国家考古博物馆

（下）

那不勒斯国家考古博物馆的第二大亮点是来自庞贝和赫库兰尼姆的文物，例如马赛克镶嵌画和壁画。

一

　　那不勒斯国家考古博物馆的第二大亮点是来自庞贝和赫库兰尼姆的文物，例如马赛克镶嵌画和壁画。庞贝的精品，我已在走读古城遗迹时叙述过，这里再欣赏几幅赫库兰尼姆的绘画。

　　赫库兰尼姆大会堂里的《赫拉克勒斯和忒勒福斯》是阿佩里斯（公元前4世纪的希腊宫廷画师）的著名画作《大力神的翻转》的复制品。据普林尼说，阿佩里斯的原稿在位于阿文丁山上的罗马狄安娜神庙里。

　　画面上描绘这位希腊英雄正在看一头雌鹿给自己的小儿子忒勒福斯哺乳。画面上坐着的人物来自阿卡迪亚，他的身边放着一篮丰盛的水果，代表奥林匹斯宙斯的鹰和尼米亚狮子各自占据了画面的一角。这一故事情节可以追溯到古罗马的祖先特洛伊人以及有关罗马城建立的母狼和双胞胎的渊源。

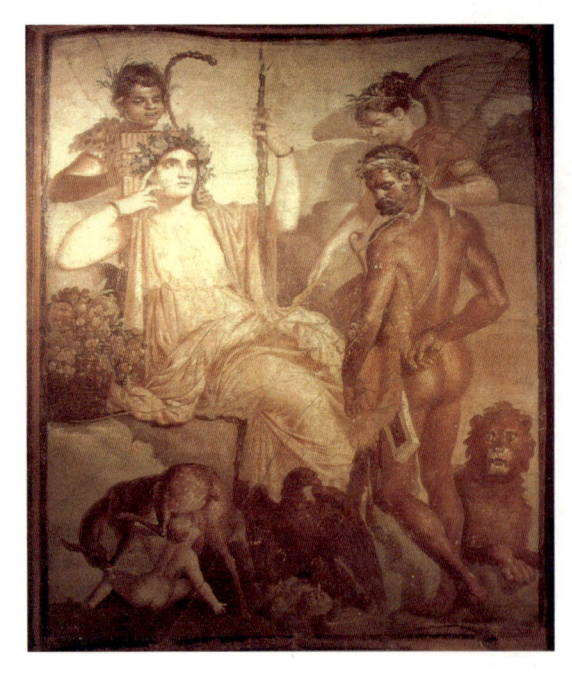

《赫拉克勒斯和忒勒福斯》，
来自赫库兰尼姆大会堂，
那不勒斯国家考古博物馆藏

二

赫库兰尼姆大会堂里还装饰着其他描绘神话故事的画作，比如《解放者提修斯》《阿喀琉斯和喀戎》和《玛尔叙阿斯和奥林帕斯》。

在《阿喀琉斯和喀戎》中，人物身后的墩座墙将画面置于一个建筑体系中，同时也将这两位人物独立出来，从而让人联想起罗马朱里亚神庙里的著名大理石雕塑组。

喀戎是泰坦巨人克洛诺斯之子，为半人半马形，除了阿喀琉斯，他还是多位希腊神话英雄人物的导师。

年长的半人马肩膀上披着一件兽皮披风，这件披风和他那专注的眼神一样是用来突出其野性的。他正在教身旁的年轻人如何演奏竖琴，故而其表情比起求学的年轻人而言，更带着一丝专注的凝重感。

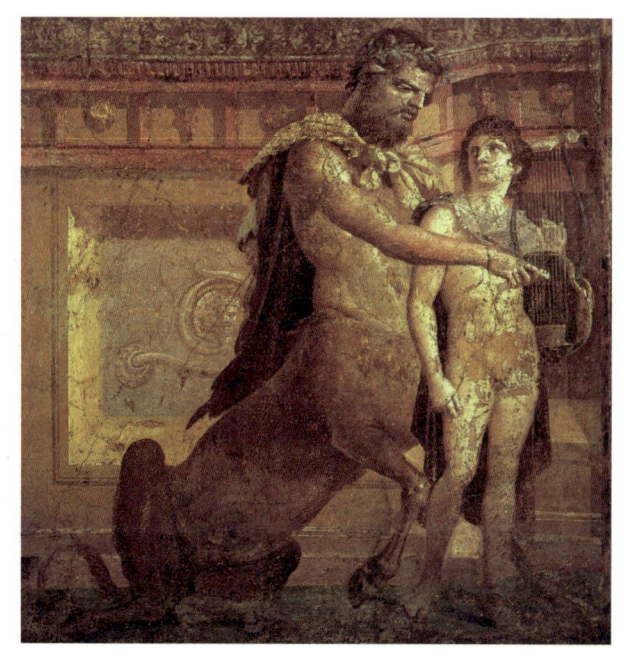

《阿喀琉斯和喀戎》，
来自赫库兰尼姆大会堂，
那不勒斯国家考古博物馆藏

年轻的阿喀琉斯正在向最具智慧的半人马学习音乐，这位半人马老师还是位杰出的猎手，精通伦理道德、战争军事理论和药理学。

《阿喀琉斯和喀戎》是描绘人生不同阶段教育的系列画作之一，主题是年轻人的教育。

三

在赫库兰尼姆的牡鹿之家发现的三块小型装饰面板突出了房屋装饰中的和谐感，这种所谓的和谐感就来自画面上那隶属第四种风格的静物画主题。

左侧的第一块装饰面板上，上层架子上有几只桃子，右侧的桃子被咬了一口，桃核裸露在外。下层架子上放了一个玻璃容器，里面有半罐水。右侧的装饰面板则重复了第一块的主题。

中间的画面也绘制有双层架子，康塔罗斯酒杯里的红酒和银盘里的梅子、干无花果和枣子，还有两枚金银币，形成了鲜明的色彩对比。硬币和枣子、冬季的水果象征着送给其主顾的新年礼物。

在古代社会，静物画从来都不是一个独立的绘画领域，因为所谓的静物

三块小型装饰面板，来自赫库兰尼姆的牡鹿之家，
那不勒斯国家考古博物馆藏

描绘并没有什么实际意义，在某种程度上，单调的静物实在提不起人们的审美兴趣。

最早的静物画是那些在篮子、食盒里的水果和花瓶，它们更像是大型主题绘画里的辅助装饰。据普林尼的记载，曾经有鸟儿试图在宙克西斯笔下的葡萄藤上采食葡萄，可见画家绘画水平之精湛。

在古罗马的绘画艺术中，静物画大概开始于公元前2世纪末到公元前1世纪初，属于第二种风格绘画，这个时期"别墅生活"正好风靡一时。在第二种风格绘画中，我们可以发现许多带框架的装饰面板和窗格上都画满了水果、食物（各类奶酪、鸡蛋和面包）、动物和等待被烹饪的牲畜、玻璃瓶和银器，甚至还有硬币和书写工具。维特鲁威解释道，这些静物画的起源来自一项希腊传统习俗，即主人家在晚宴后第二天要给客人送上一定数量的鸡、鸡蛋、蔬菜、水果和其他农产品。这有点像我们今天所说的伴手礼。

装饰静物画的场合通常是餐室或是娱乐室，门廊或是列柱廊这类走道则很少装饰。

第二种风格盛行时期，这些小型的静物装饰画一般都是位于墙面顶部，和墙面的建筑图案相互隔离；到了第三种风格时期，静物画开始用来装饰立柱、台石和祭坛垂直面；到了第四种风格时期，静物画又开始放大，取代了神话故事成为墙面中央区域的装饰主题。

四

这幅《黄色单色画》乡村风景画上描绘了一座依山傍水、带有立柱和雕像的神庙，雕像手里握着一根权杖，可能是代表海神波塞冬。神庙的周围满是前来顶礼膜拜的人，一个旅人和一个渔民此刻正走在桥上。作为画面背景的山上都是淡黄色的建筑物，比起画面前景上颜色深重的人物，这些建筑显得十分淡薄。

这种使用有限的色彩（特别是只使用一种颜色）来作画，从而和墙面色彩形成对比的技术，普林尼称其为单色画法。

这种画法通常属于第二种风格，在维苏威地区的房屋别墅壁画中十分常见，特别是在装饰面板或是神话主题的描绘这一块。这种单色画法特别适合描绘田园风光，就好比我们眼前看到的《黄色单色画》，维特鲁威认为同一种颜色的不同深浅就可以表现出"港口、岬角、河流、溪流、海峡、圣地、神圣树林、山脉、羊群和牧羊人等"。

《黄色单色画》，那不勒斯国家考古博物馆藏

普林尼在《博物学》中写道:

我们应该感谢生活在奥古斯都时代的斯图狄俄斯,是他首创了优雅的壁画风格,他会根据不同主顾的愿景在墙面画上乡村小屋、池塘、风景、神圣树林、丛林、山丘、鱼塘、运河、沙滩等。在这些画作中,他添加了各种不同的人物形象,这些人物或是漫步,或是聊天,或是巡视自己别墅的领地(他们或是骑着驴子,或是乘坐马车),或是钓鱼、狩猎,抑或是采摘葡萄。他创作的这些画作中,甚至还描绘了贵族将自己的乡村别墅建在一片沼泽地之外,为了方便女人们来回别墅,他们会雇佣搬运工,将女人驮在这些瑟瑟发抖的搬运工的肩膀上穿越沼泽。如此精致细腻的描绘还有很多,而画家在外墙上描绘沿海城市的画面较之屋内精致的壁画则显得略微粗糙了些。

随着装饰面板画(即第三种风格和第四种风格)的流行,风景画成为描绘那些发生在户外的神话场景里不可或缺的一部分,画面中河流、岩石、树木的数量和出现频率远超人物;陆地上的别墅或者海洋、乡村、河流和带港口的大洋远景则被划归在画面上方。壁柱上,枝形大烛台或是台石上的这些风景描绘和中央装饰面板画一样重要。这些风景画十分迷人,使用频率最高的风景主题是尼罗河,因为这一主题最有类似桃花源的避世感。

五

除了静物画和风景画外,古罗马还有一种"花园绘画"。

穿过门厅、中庭和列柱廊,就是所谓的花园。维特鲁威认为这种花园是上流人士家宅里专门用来交流和会面的场所。

古代的文献资料（主要是考古类文献）表明，从共和国晚期开始，不论是宗教祭坛，还是隐蔽的走道，上面都长满了来自异域的植物，装饰也是异常华丽。除了城郊的别墅，上流人士在城邦里的居所也被打理得十分奢华精致。西塞罗在修缮了其位于帕拉丁山上的别墅后，就再也没想要离开别墅。这种风潮更是被亚历山大大帝的子嗣和希腊化时代的王亲贵族们争相效仿。

与此同时，在起居室的墙壁上或是露天场合的高墙上描绘花园场景也逐渐变得流行起来，这些图画上的花园四季长青，花开不败，鸟儿栖息其中。此外，皇家花园里标配的雕像、代表主人威望和声誉的装饰物在这些画作中同样有所体现。

最早的一幅这种类型的花园绘画是用于装饰罗马郊区的利维亚别墅的地下大厅的，如今这幅壁画被收藏在罗马国立博物馆。

后来维苏威地区的城邦建筑里出现很多这种类型的作品，它们属于第三种风格绘画。

"花园绘画"，来自利维亚别墅，罗马国立博物馆藏

六

那不勒斯国家考古博物馆的第三个亮点是收藏有庞贝和赫库兰尼姆等古城的色情作品的"密室"。

我们从庞贝农牧神为主的马赛克展厅向里面走去,走进一间有铁门的展厅。我还没回过神来,刚刚小学毕业的儿子问我这是什么——一根根细细的石柱朝天冲去,我愣了一下,马上反应过来,这是密室。

我对儿子含糊其词了几句,让他出去看别的吧。

密室里灯光昏黄,比我想象中要小得多。这些展品绝大部分都显得太夸张了,让今人哑然失笑。

密室里最著名的展品可能是《潘神和山羊的大理石组合雕塑》。1752年,人们发掘赫库兰尼姆的帕比里庄园,在大列柱廊发现了它。这组雕塑是帝国早期的复制品,原件是希腊式雕塑。那不勒斯国王出于好奇前往看了一眼,看后立刻命令将它锁在一个衣柜中。

1740年,人们发掘赫库兰尼姆时发现了一只来自帝国早期时代的青铜风铃,被称为《猥琐的格斗士风铃》。下垂的链条上悬挂了四只小铃铛,上方中央是一位格斗士,格斗士的头饰是由金属支撑的带状物环绕而成,身上穿着短束腰外套,脚上是一双凉鞋,他正在和自己那变成了一头大张嘴巴朝向自己的豹子的生殖器对战。这种风铃通常是挂在私人住宅的门口,或是商店的门口,其目的是用来示意来访者的到来和阻挡恶灵之眼的。

《猥琐的格斗士风铃》,
那不勒斯国家考古博物馆藏

第五章 那不勒斯国家考古博物馆(下) 139

七

我比较感兴趣的那不勒斯国家考古博物馆最后一部分的展品是来自大希腊地区（古希腊殖民地）主要遗址出土的文物，它们大都属于那不勒斯海湾地区的希腊文化和坎帕尼亚地区的非希腊文化。

公元前5世纪的来自洛克里城的青铜水罐工艺精湛。水罐的名称来自它本身的功能——汲水，说起汲水，呈现在我们面前的画面是女子在井边弯腰打水的场面。这是一件堪称精致的金属制品，水罐的表面是一系列的荷花图案，底座上是极具风格的花饰，带状装饰上面是螺纹装饰物，罐

来自洛克里城的青铜水罐，公元前 5 世纪，那不勒斯国家考古博物馆藏

肩处也有花饰，罐颈处装饰有一头狮子。手柄处的装饰特别引人注目：垂直手柄的底部是带有一双翅膀、双臂交叉、有胡子的戈耳工头像，头像两边则是奔跑中的马儿；顶部连接到罐口，装饰着一头狮子头像；水平手柄上装饰了棕叶饰，两边各有一个裸体小男孩。这个罐子和其他几件相似的文物都是在希腊西海岸地区制作的，可能是多多那，也可能是西锡安。

八

这幅《战士之墓》在18世纪的时候被那不勒斯皇室收藏，很长一段时

《战士之墓》（局部），来自诺拉城，公元前4世纪末，那不勒斯国家考古博物馆藏

间，人们都认为它来自帕埃斯图姆的卢卡利亚墓地。近来的研究表明并非如此，《战士之墓》来自公元前4世纪末期，诺拉城一座非常精致的墓穴。

墓穴的两块长装饰面板中保存完好的一块描绘的是一个女子正在给面前的战士端去杯子；其右侧，队伍的最后是一个赤脚的掌马官，手里正握着前头马儿的尾巴。在那块短一些的面板上描绘了一个骑着马的带有战利品的战士和一张放置着金水壶和银水壶的桌子，表现的是战士们荣归故里。

九

《卢沃的舞者》，顾名思义，来自普利亚的卢沃坟墓，因发现它的时候造成了一定的缺损，导致其无法在古董交易市场上出售，在一定程度上使它免遭颠沛流离的命运。

画面中内室的墙壁被黑色的框架带水平划分为间隔均等的小方块。墙面下方的背景是黄色的，上方为白色，墙面中央的白色背景上描绘了一队女子，她们都是以肖像画的方式描绘成，她们身穿长长的希顿古装，鲜艳的彩色斗篷

（赭色、红色、蓝色和黑色）包在她们的头上，五彩斑斓。这些女性正在向右移动，双手两两相牵，每个人随着舞蹈的节奏抬起一只脚。

为这些女子领舞的是一些穿着白色短款希顿古装和黑色长靴子的男孩子，他们一边为这些女子领舞，同时还要演奏七弦竖琴等乐器。

这一场景是非常典型、古老的葬礼习俗——颂哀。这一习俗包括在已故者尸体陈列时和丧礼队伍前往墓地的时候舞蹈和合唱哀歌。这些女性舞者两两牵着手的样子不免让人想起了神话中提修斯和一众雅典年轻人在克里特岛庆祝怪物死亡时所跳的欢快舞蹈。虽然我们此刻所说的是凝重的葬礼，但这样的舞蹈也直接反映了逝者的社会地位和政治声望。

《卢沃的舞者》（局部），来自普利亚的卢沃坟墓，那不勒斯国家考古博物馆藏

十

维文奇奥陶罐曾属于18世纪著名的盗墓者兼收藏家尼古拉·维文奇奥和彼得罗·维文奇奥兄弟俩。陶罐表面描绘着洗劫特洛伊故事最为著名的场景，罐体的上半部分采用的是红绘技术，制作人应该是克雷弗拉德的画师。自出土之日起，这只陶罐就受到了全世界的关注，它的非凡之处在于其装饰图纹的布局以及其场景描绘的故事情节。

场景描绘的内容并不局限于常规的特洛伊陷落的故事，比如血腥屠杀（尼奥普托列墨斯杀死普里阿摩斯的场面），或是描绘暴力和绝望（小埃阿斯在雅典娜女神神像前侮辱卡桑德拉）这类我们司空见惯的场景，还描绘了一些相对少见的故事情节，像孙子解救了老埃特拉（提修斯的母亲）、埃涅阿斯带着安喀塞斯和阿斯卡尼俄斯逃亡，还有特洛伊女子直面敌人的勇气等。

陶罐的制作年代可追溯到约公元前490年到前480年之间，原本是用作置于大陶罐中盛放骨灰的容器的。陶罐里除却逝者的骨灰，还有五个雪花石膏小瓶子和一颗刻有爪子抓着一条蛇的老鹰的宝石。

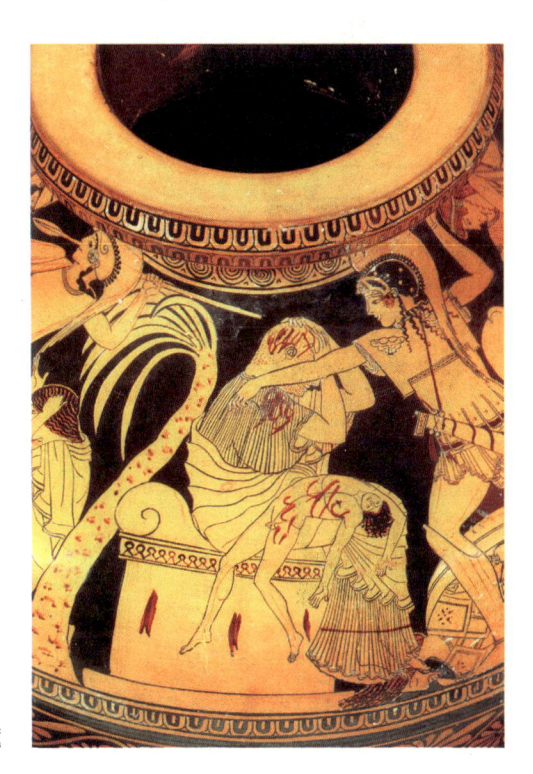

维文奇奥陶罐（局部），
公元前490年—前480年，
那不勒斯国家考古博物馆藏

十一

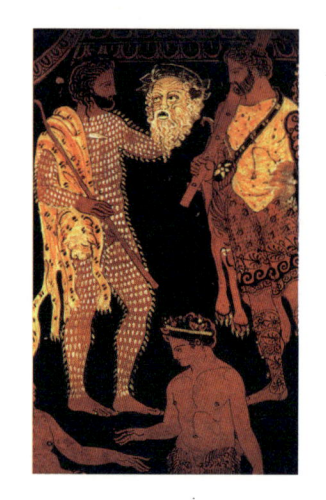

珀洛诺莫斯双耳喷口罐堪称公元前5世纪阿提卡陶器的杰出代表作品之一。之所以这么说，是因为其卓越的装饰和品质，还有表面刻画精致的原始人像。画面上，森林之神萨梯正在准备表演，酒神狄奥尼索斯和靠在他怀里的爱人阿里阿德涅作为观众正在静候，他们的周围环绕着穿着戏服、手拿面具的演员们。表演中的服装、乐师和角色这几个要素可以说是研究萨梯戏剧非常重要的证据。画面中间下方的人物，坐在凳子上的是长笛演奏者珀洛诺莫斯，他身着华丽的礼服，头戴月桂枝花环，这只罐子就是以他的名字命名的。

珀洛诺莫斯双耳喷口罐（局部），公元前5世纪，那不勒斯国家考古博物馆藏

十二

1851年，人们在卡诺萨的一个庞大的地下墓室（即所谓的大流士的花瓶坟墓）的随葬品里发现了这只波斯瓶，和它一起出土的还有七只花瓶，这八只大花瓶都是出自同一个艺术家之手。

瓶身上的彩绘是意大利南部古希腊殖民地艺术的典型代表。画面描绘的是在和希腊决战前夕，波斯国王召开会议的场景。画面中央的大流士坐在王座上，手握权杖，正在聆听信使的报告。围在他身边的是国家财政大臣（手里拿着财务报表）、衣

波斯瓶，
来自卡诺萨，
那不勒斯国家考古博物馆藏

着优雅的宫廷高级官员和长者。最上面一层描绘的是神祇，主神宙斯坐在画面中央的王座上，对应了大流士的地位。

瓶颈处描绘的是希腊和亚马逊民族之间的战役，从而呼应了瓶身绘画的主题。在古希腊人的认知里，女战士代表野蛮人，特别是波斯人。

大多数学者认为这幅画的构思布局是受到古希腊悲剧《波斯人》的启发，以戏剧的方式呈现给后人。花瓶的瓶身好比戏剧表演的舞台，下方是演奏队，前舞台位于中央，高台上坐的是神祇。无论如何，这个花瓶上描绘的主题契合了其作为卡诺萨贵族陪葬品的功能，这个贵族很有可能是和亚历山大大帝的叔叔米洛斯的亚历山大并肩作战的战友。

十三

离开那不勒斯国家考古博物馆之前，观赏一只来自庞贝的装饰了葡萄收获场景的双耳瓶（或称之为蓝花瓶）。

蓝花瓶采用的是玻璃浮雕技术，即将雕刻成形的白色玻璃浮雕粘贴在蓝色的瓶身上，器形被打造成用来盛放葡萄酒的双耳瓶，跟瓶身上装饰的葡萄收获场景相呼应。这里的浮雕人物都契合了酒神节主题的葡萄收获这一情节。整个场景是由酒神节的人物、下垂的葡萄藤和灵动的鸟儿共同组成；画面中央象征欢愉的丘比特，他们或是在压榨葡萄，或是在享受宴会，抑或是在演奏长笛和潘神箫（一种形似笙的古老乐器）。

装饰了葡萄收获场景的双耳瓶
（蓝花瓶），
那不勒斯国家考古博物馆藏

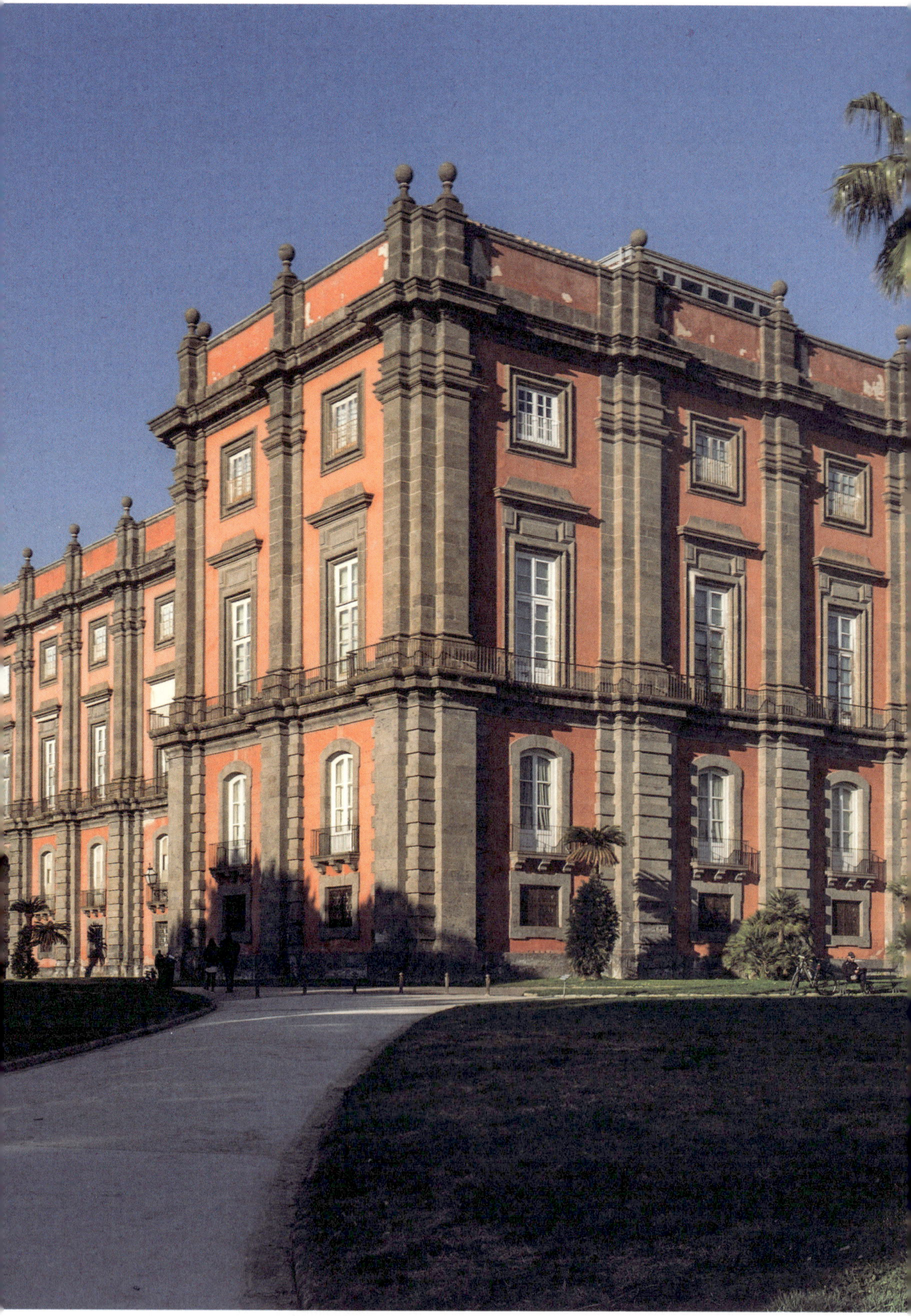

第 六 章

卡波迪蒙特博物馆

（上）

就像那不勒斯国家考古博物馆的核心是法尔内塞雕塑，卡波迪蒙特博物馆的主打是法尔内塞家族的绘画作品。

一

相比位于市中心的那不勒斯国家考古博物馆，卡波迪蒙特博物馆位于那不勒斯的最北端，给人以近郊的感觉。它原来作为波旁王朝的查理七世的狩猎王宫，建造时间长达1个多世纪。王宫规模宏大，拥有不少艺术宝贝，现在成了有名的博物馆。

就像那不勒斯国家考古博物馆的核心是法尔内塞雕塑，卡波迪蒙特博物馆的主打是法尔内塞家族的绘画作品。以教皇保罗三世和他的侄儿（孙子）亚历山德罗为核心的罗马收藏圈经过了两个世纪的搜罗，再加上17世纪在帕尔马定居的法尔内塞家族的不断搜寻，最终由波旁王朝的君王查尔斯继承，将收藏落户那不勒斯。

大的欧洲艺术博物馆，一般都是按照年代延伸开去。卡波迪蒙特博物馆的别开生面之处是在正规展览之前，有个特别的主题揭示。

观众刚进入博物馆，就可以看到一个大型展厅，中央是威尼斯文艺复兴大家提香的《教皇保罗三世和他的孙子们》，两旁是古列尔莫·德拉·波尔塔

刚进入卡波迪蒙特博物馆的大型展厅

《教皇保罗三世和他的孙子们》，
提香，1545—1546年，卡波迪蒙特博物馆藏

《戴帽子的教皇保罗三世》，提香，
1545年，卡波迪蒙特博物馆藏

的《教皇保罗三世半身像》的雕塑。接着，右边是提香的《红衣主教亚历山德罗·法尔内塞》，左边是提香的《戴帽子的教皇保罗三世》。

《教皇保罗三世和他的孙子们》是提香描绘教皇家族的杰出的心理艺术之作。

画面中，奥塔维奥表面上的谦恭之意很明显，他正要向教皇鞠躬。按照向教皇致意的正式仪式，致意者先鞠上三个躬，然后亲吻教皇的足部以示臣服。画面中，提香着意刻画了保罗三世绣有金色十字架的鞋子，预示着奥塔维奥的下一个动作。

提香想表现的是77岁的保罗三世和奥塔维奥祖孙之间的什么关系呢？

卡明斯基的解释比较富有人情味：不堪岁月重负的保罗三世看着他的俗

第六章 卡波迪蒙特博物馆（上） 149

世子孙，脸上露出了善意的微笑。

其他人的解释就不那么客气了，如对奥塔维奥的解释：

这位年轻人的身姿极尽卑躬屈膝之能事，他的脸上露出邪恶的神情，其中掺杂着恶毒的伪善和谨慎的节制……在这两位兄弟之间是78岁的老教皇，怒容满面，手按着椅子的扶手，向奥塔维奥投去猜疑的目光。拉凡尼斯特勒猜想，奥塔维奥得到这样的对待完全是其谄媚所致。（亚瑟·斯坦利·瑞格斯，《提香：他的辉煌和威尼斯时代》）

意大利艺术史家祖菲则认为奥塔维奥的姿势几乎是在模仿古希腊雕塑家迈伦的大理石雕像《掷铁饼者》，并以为："快速、写生的技法，加上一些未完成的细节，给人以一种阴谋诡计的印象，呈现出一种令人窒息的氛围。"

"诗无达诂"。

如何理解保罗三世的背后、14岁就被任命为红衣主教的亚历山德罗呢？

大家对此的观点也有歧义。保罗三世的左手紧紧抓着椅子的扶手，

这样，此画便带给观者如下的印象：为了转动僵直的上身，教皇必须付出极大的努力。垂垂老矣的他与站在他身后的笔直挺拔的亚历山德罗形成了鲜明的对比，而艺术家的此番处理可能是教皇继任方案的一个微妙的参照。（马里恩·卡明斯基，《提香》）

意思是说，亚历山德罗大有继承皇位的可能。

《那不勒斯卡波迪蒙特博物馆》的编著者马蒂亚·盖塔却说：

另一边的亚历山德罗看上去与这两个形象保持着距离，不甚亲近，似乎对兄弟的阴谋一无所知，而将眼神直直地转向观众。（马蒂亚·盖塔编著《那不勒斯卡波迪蒙特博物馆》）

《提香：他的辉煌和威尼斯时代》的作者瑞格斯又是另一番见解：

红衣主教亚历山德罗正对着左侧的弟弟，直挺挺地站在右侧，也许他已经察觉到这样的姿态有些不大得体，即将像他的弟弟一样向教皇略表敬意。他们那漠无表情的凝重面容上透出一股寒意，身着红袍、头戴帽子的红衣主教亚历山德罗展示着当时罗马教廷那些高级教士无情、静寂却无法抗拒的权势。

历史文献中却充斥着这对穷凶极恶的兄弟的恶行，他们共谋反对他们的祖父，也伤透了老人的心。

还有一种过于戏剧化的说法是，老教皇是在与亚历山德罗小声说话，奥塔维奥凑过身来想偷听。这个较像出自看似有文化的导游之口，简单直观，一下子满足了游客们的好奇心。

这幅画并没完成，大部分人的解释是政治原因，还有一种解释是教皇年老多病，没法经常去提香的画室，导致这幅画没法完成。

二

《教皇保罗三世半身像》是人物肖像史上的一件杰作，教皇以长者的形象出现在世人的面前，他身上的长袍上装饰有金属饰纹印模，印模上描绘的是《渡红海》《摩西十戒》，还有其他一些寓言故事。外罩由一枚胸针束紧，这枚胸针后来装饰了喀迈拉（希腊神话中狮头、羊身、蛇尾的喷火怪物）的嵌合体和怪异的假面，这应该算得上是古代精湛珠宝工艺的典范。作者波尔塔负责修缮法尔内塞收藏中那些古董艺术品，他曾为《法尔内塞大力神》雕像修补遗失的大腿部分，我们在那不勒斯国家考古博物馆的章节中提到过。

《教皇保罗三世半身像》，波尔塔，卡波迪蒙特博物馆藏　教皇外罩上的胸针

三

再来看《红衣主教亚历山德罗·法尔内塞》这幅画，虽然保罗三世向亚历山德罗提供了大量资源，并授予他诸多教会的荣誉和头衔，但保罗三世在1549年去世时，他还是没成为新教皇，可他之后仍然对罗马政治有着极强的影响力。

提香非常擅长为他的赞助人创作肖像，他笔下的亚历山德罗是位老练的外交家、开明的艺术赞助人和教徒。为了突出亚历山德罗还是一位优雅的绅士，提香着意强调了人物手上握着的那副手套。

《红衣主教亚历山德罗·法尔内塞》，
提香，1545—1546 年，
卡波迪蒙特博物馆藏

《亚历山德罗·法尔内塞》，
拉斐尔，1509—1511 年，
卡波迪蒙特博物馆藏

红衣主教法尔内塞在1509到1511年间委托拉斐尔创作了《亚历山德罗·法尔内塞》，彼时他刚刚升职为帕尔马主教，在美第奇家族的庇护之下开始了一帆风顺的通往权力的道路，同时他也策划了"宣传活动"来提升其个人和家族的威望。

四

《利奥十世和两位红衣主教》是以拉斐尔的著名作品（现藏于佛罗伦萨乌菲齐美术馆）为蓝本的复制品。贡扎加家族的费德里克二世曾在佛罗伦萨的奥塔维亚诺·德·美第奇府邸看到了这幅画，之后三番五次地要求德·美第奇将它送给自己。德·美第奇偷偷让安德烈·德尔·萨托复制了画作，然后将复制品送给费德里克·贡扎加，原件则送给了教皇克雷芒七世。这位大公一直被

《利奥十世和两位红衣主教》，
安德烈·德尔·萨托，
卡波迪蒙特博物馆藏

《克雷芒七世肖像》，
塞巴斯蒂亚诺·德尔皮翁博，
1526—1527年，卡波迪蒙特博物馆藏

蒙在鼓里，不知道自己手上的是赝品，还以为是真品而引以为豪。

利奥十世是美第奇家族"伟大的洛伦佐"之子，是艺术的赞助人和收藏家，画面中他正在认真地研读一本绘有精美插图的圣经，一只手拿着放大镜，仔细检查装饰品。

祖菲解读道：

教皇舒适地坐在优雅的扶手椅上，他的气质平和安宁，因而行动太过迟缓，缺乏必要的紧迫感和精力去应付马丁·路德触发的危机，缺乏远见的他甚至认为这不过是"僧侣之间的口角"。（斯特凡诺·祖菲，《图解欧洲艺术史：16世纪》）

在利奥十世旁边，我们可以看到他的侄子（私生子）朱利奥·美第奇，后者就是未来的教皇克雷芒七世。卡波迪蒙特博物馆中有一幅《克雷芒七世肖像》，画中的教皇没有胡子，充满活力，相对年轻。1527年，发生了"罗马之劫"后，克雷芒七世显现出不安和早衰，为了履行诺言，他再也没刮过胡子。作者塞巴斯蒂亚诺·德尔皮翁博是克雷芒七世最喜欢的画家。

其实，提香的《教皇保罗三世和他的孙子们》也借用了拉斐尔的《利奥十世和两位红衣主教》的创意。

卡波迪蒙特博物馆策展人用五幅画说尽一段艺术史、政治史、宗教史和家族史的故事，了不起。

五

展厅的左侧是提香的三幅肖像画。在帕尔马的花园宫中清点出32件提香的作品，有11件被收藏在卡波迪蒙特博物馆，除了《教皇保罗三世和他的孙子们》外，《达娜厄》最为有名。

提香是在威尼斯开始创作这幅画的，在梵蒂冈的望景楼完成。保罗三世一直邀请提香去罗马，画家却婉言谢绝。

提香有两个儿子，一个在他的画室工作，直到威尼斯发生瘟疫，儿子与老父几乎同时死去。另一个儿子决心成为教士，提香希望儿子被分配到较为富裕的科利圣彼得修道院，因为这个城市毗邻小城席内达，提香在那里拥有自己的土地和财产。

这事得找教皇帮忙，提香才决定去罗马。他被安排在招待教皇贵客的梵蒂冈望景楼，在那为红衣主教亚历山德罗·法尔内塞完成了《达娜厄》。该画被用来装饰教皇的私人房间，女主人公的脸庞采用的可能是红衣主教的情人安吉拉的容颜。

《达娜厄》也叫《黄金雨》，是欧洲绘画的经典题材，故事大意是阿尔克斯国王被预言将死在外孙之手，就把女儿达娜厄锁在铜塔内，不让她和男人

《达娜厄》，提香，1544—1546年，卡波迪蒙特博物馆藏

接触。谁知宙斯看上了达娜厄，下了一阵黄金雨落在她的身上，从画面上可以看出，少女对此并不是浑然不觉，而是带着惊恐与饥渴接受了，结果是她生下了大英雄珀尔修斯。老国王没逃过外孙在运动会上无意间扔出的铁饼。

　　提香的裸女非常知名，典型的如佛罗伦萨乌菲齐美术馆的《乌尔比诺的维纳斯》，这个维纳斯形象比较安静，有种被动接受的美。

　　而《达娜厄》就不同了，少女的形象主动激烈，眼神带着渴望，这里的配角是小爱神。另一幅在西班牙马德里普拉多博物馆的《达娜厄》的配角是她的女仆，这个老太婆很厉害，一看黄金雨来了，急忙抖开围裙接受黄金雨中降落下来的钱币。

　　幽默的是，如果不是宙斯是众神之王，精力过"神"，老太婆的贪婪也

《乌尔比诺的维纳斯》,提香,1538年, 乌菲齐美术馆藏

《达娜厄》,提香,1553—1554年, 马德里普拉多博物馆藏

许会坏了宙斯与达娜厄的好事。

当然有人把那幅画的场景理解成淳朴可爱的达娜厄与唯利是图的老太婆的鲜明对比，也是可以的。

提香在望景楼看到了米开朗基罗和拉斐尔等当代艺术大家的作品，同时他的画室也吸引了罗马画家的关注。米开朗基罗看到了《达娜厄》，评价是"色彩运用十分到位，可绘画技巧略显不足"。

这反映了16世纪中叶风行的有关艺术的争论，米开朗基罗代表托斯卡纳和罗马人的观点，强调的是艺术家的创造力及其对其他艺术的了解，尤其是古典和当代的作品，远比模仿自然的单一能力重要得多。以提香为代表的威尼斯画派却认为色彩调和与模仿自然的能力同样重要。

当时的舆论认为，如果将米开朗基罗的素描与提香的色彩结合起来，那就完美了。

提香在罗马并没能为儿子谋得他所要的生活，毅然决然地离开了罗马，虽然答应教皇很快会回来的。教皇很重视提香，还授予他罗马荣誉市民的称号，却不愿做举手之劳的事情，可想此人权力欲望之深沉。

有趣的是，人们认为《达娜厄》由于其裸体充满情欲色彩和挑逗性，1815年被送往波旁皇室博物馆的情色画展厅，也就是与"密室"里的庞贝古罗马人的滥情作品为伍。

六

提香的《女孩肖像》充满争议，主人公通常被认为是画家的女儿拉维尼亚，但除了金色的头发，没有其他证据可以支持这个结论。

有的研究者认为她与《达娜厄》的女人出于同一个原型，即罗马年轻的高级妓女安吉拉——红衣主教亚历山德罗的情人。这幅画原本悬挂于法尔内塞的一个房间中,艺术家在创作的时候竭尽全力还原其脸庞的自然样貌。

还有人认为她是法尔内塞家族的成员克莉亚,但支持者甚少。

最后人们怀疑这幅画是否提香原创,或者是另一位才华横溢的画家的模仿之作?

第二次世界大战时,出于保护,《女孩肖像》被送往蒙特卡西诺,但它还是难逃德军的魔爪。战后,这幅画和《达娜厄》一起在奥地利的一个洞穴内被发现。

《女孩肖像》,提香,1545 年,卡波迪蒙特博物馆藏

七

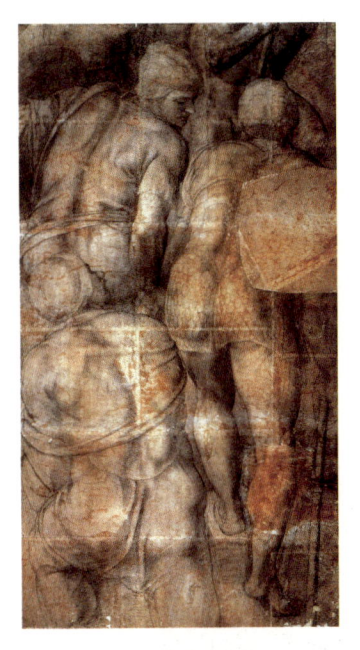

入口处展厅对面有间素描展室，正中展示的据说是米开朗基罗唯一保存完整的底稿图《士兵们》。

它是哪幅作品的底稿？介绍说是梵蒂冈圣保罗教堂湿壁画《圣彼得受钉刑》。

我们去梵蒂冈看米开朗基罗的作品，往往集中在西斯廷教堂天花板上以及墙面的《最后的审判》。其实，在圣保罗教堂内藏有米开朗基罗最后完成也最不为人知的作品。里面有两幅湿壁画，一幅是《保罗悔改》，另一幅就是《圣彼得受钉刑》。

我特意找到了《圣彼得受钉刑》，想看看素描对象的位置。

《士兵们》，米开朗基罗，
约1546年，卡波迪蒙特博物馆藏

还是先听听艺术史家华莱士是如何分析这幅很少见到的作品吧。

前景左侧，我们吃惊地发现一群瑟缩的女性哀悼者，其中有两人还在凝视着我们，眼神毫不迟疑，她们就像希腊悲剧里的歌唱队，联系着我们和悲剧本身。

一个巨大的人物——有些人认为这是米开朗基罗的自画像——出现在人群上方，仿佛向我们踏步走来。

彼得被倒钉在十字架上，因为他觉得自己不配以主耶稣一样的姿势殉教，彼得的凝视给观者留下最强有力、最持久的印象。对于在此教堂聚会的红

《圣彼得受钉刑》（湿壁画），米开朗基罗，1542—1550年，梵蒂冈圣保罗教堂藏

衣主教团而言（这里曾是选举教皇的所在，后来移到西斯廷），彼得的眼神是规劝、是赐恩，带来祝福。它提醒观者，牺牲是基督徒的使命，但只有借由对基督的虔诚，人才能获得永生。站在圣坛上的教皇需要反思自己的前辈，反思自己身为基督代理人的使命。

在这幅画面的左侧，我们加入了那队士兵，爬上山丘，来到彼得受折磨的所在。这些士兵和证人以顺时针方向攀登并下降，摆出一种缓慢、循环的动势，呼应着十字架缓慢困难抬起的动势。（威廉·E. 华莱士，《米开朗基罗："雕塑·绘画·建筑"作品全集》）

找到了，素描的对象就是左侧最底下的三个兵士。米开朗基罗真是一丝不苟，他批评提香的素描功底不深，这并不是凭空自负。

拉斐尔的素描《摩西在燃烧的灌木之前》原本是用来研究梵蒂冈埃利奥多罗厅天顶画中摩西故事的一部分，天顶画极有可能是由拉斐尔设计图稿，由佩鲁齐及其助手完成。天顶画主题是上帝介入人类争端，改变人的命运，其《摩西和燃烧的荆棘》《以撒的献祭》《诺亚的梦》和《雅各的天梯》都来自《圣经·旧约》。

《摩西在燃烧的灌木之前》（素描），拉斐尔，1426年，卡波迪蒙特博物馆藏

拉斐尔等大画家的作品经常有助手帮助，他的《圣母之爱》的助手是焦万·弗朗西斯科·彭尼（Giovan Francesco Penni），后者的《圣母圣爱》素描在卡波迪蒙特博物馆也有展出。如果是这样，拉斐尔对这幅画究竟参与了多少？

所以，我不赞同卡波迪蒙特博物馆官方指南的注释（认为这幅画的作者是"拉斐尔和助手"），它其实就是焦万的"代笔"。

《圣母之爱》，
拉斐尔，约 1518 年，
卡波迪蒙特博物馆藏

《圣母圣爱》（素描），
焦万·弗朗西斯科·彭尼，约 1518 年，
卡波迪蒙特博物馆藏

八

置身于欧洲大博物馆中，我比较注意它们的特展，因为会出现其他大博物馆的藏品，有的虽然在其他地方看过，可还是会带来惊喜。

卡波迪蒙特博物馆确实有个关于音乐与绘画的特展,但规模极小,几乎不引起人们的注意。可有一幅画我一下子就注意到了,它就是荷兰大画家维米尔的《弹鲁特琴的女子》,被收藏在纽约的大都会博物馆。《弹鲁特琴的女子》不是维米尔的代表作,可画家存世的作品只有37件,看一件是一件。

《弹鲁特琴的女子》,维米尔,约1664年,卡波迪蒙特博物馆音乐与绘画特展展出

关于这幅画，让·布兰科在《维米尔》中解析道：

维米尔在自己的油画与观画人之间建立起一种相互影响的虚拟关系，与此同时，他还尝试着去调动观画人的注意力。比如在《弹鲁特琴的女子》那幅作品里，维米尔将人的视觉重点放在那个人物的身上，她的姿态像是刚要做什么，却突然停了下来，至于她要做什么，人们实在是捉摸不透。画面展现出一种双重目光：一个是观画人的目光，观画人正注视着画中的年轻女子；另一个就是这位年轻女子的目光，她的眼睛正透过窗户，看着外面的什么东西，我们也不知道她究竟在看什么，也许她沉浸在深深的遐想之中。这幅作品给我们提供了相当多的征象，让我们凭此去重新设立某种潜在的意识，尽管如此，这些征象既不充分，也不十分明确，因此人们无法从中得出中肯的结论。

她身穿一件漂亮的外衣，衣服配着宽大的白鼬毛领，戴着一只很大的珍珠耳环，只是为了简单的音乐练习，年轻女子竟然穿得如此迷人，让人着实感到吃惊。她只是独自一人，但也许过不了多久，她就不是一个人了（或者刚才她并不是一个人）。

在那把空椅子上方的墙壁上挂着一幅由约多库斯·洪迪厄斯在1615年前后绘制的《欧洲地图》，这幅地图是在表达亲人天各一方的情感。这幅油画磨损得很厉害，这与后来对油画的过度修复有关，人们隐约能看见地面上放着一把古低音琴和一本歌曲集，桌子上还摆着三本歌曲集。在试唱放在自己眼前的一本歌曲集之前，她先调了一下琴弦，或许她正在设法让自己的心声在情郎的内心中回荡。难道她是在等他吗？也许他刚刚离她而去？画面中没有任何痕迹表明有这样一个人。但是，如果把时间凝固在讲述这一故事的瞬间，观画人肯定会猜出后面的情节，虽然他不能确信是否给予眼前所看到的图案一定的含义，或许这些图案的确没有任何含义，可维米尔却在力促观画人去想象，并设法把观画人转化成自己作品的合作者。

九

这几年我们去欧洲，总是会去多个大博物馆，观看许多绘画作品。这次在西西里岛逗留了两个星期，主要是观看古希腊罗马遗址，没有大博物馆，优秀的艺术品更是少见。卡波迪蒙特博物馆是我们这次意大利之行观看的唯一一个艺术博物馆，所以进去时感到很兴奋。

佛罗伦萨文艺复兴绘画早期的开拓者马萨乔（把透视新知识用于绘画的第一人）的《耶稣受难像》位于比萨圣母教堂里多联画屏的顶端，16世纪末期，人们将多联画屏拆除分割，原本属于多联画屏上的画作分散在比萨、维也纳、伦敦、柏林和那不勒斯的各大博物馆中。

这幅画原本属于多联画屏的顶端装饰。根据透视学的原理，我们眼前的人物自下而上逐渐缩短，基督的双腿因弯曲而显得短了许多，他的头部缩到了肩膀里，直接忽略了脖子的存在。这样的构图暗示人物身体正在承受巨大的痛苦，也进一步表明人物本身已被抛弃于悲惨的命运之中。

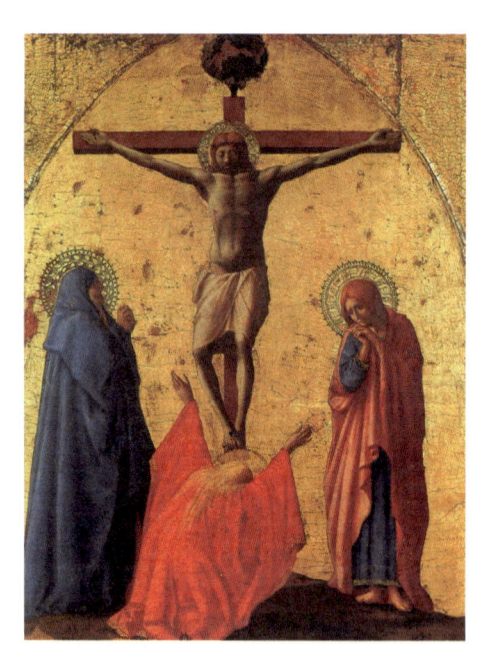

《耶稣受难像》，马萨乔，1426年，卡波迪蒙特博物馆藏

给人印象深刻的还有抹大拉的玛利亚,她跪在十字架下面,一袭红袍表达出她汹涌的情感,尽管我们看不到她的脸。

这幅作品并不属于法尔内塞的收藏,它是1901年的时候通过购买而得。

十

佛罗伦萨画家菲利皮诺·利皮的《天使报喜和圣徒》描绘的场景是沐浴在阳光下的托斯卡纳乡村,我们可以在画面上看到新圣母玛利亚教堂的穹顶和乔托的钟楼,施洗者约翰位于画面左侧,圣安德烈则在右边。

菲利皮诺·利皮是佛罗伦萨艺术大师老利皮的儿子,也是波提切利的助手和同事。

《天使报喜和圣徒》,菲利皮诺·利皮,1472—1483年,卡波迪蒙特博物馆藏

《圣母子和天使》是波提切利年轻时的作品，波提切利早年师从老利皮，所以这幅画酷似老师的作品，尤其是体现在圣子的体态以及扶持圣子的天使上。它在罗马法尔内塞宫的资产清单登记上就归属利皮。

至于圣母那雕像般的特质，则被指出是受到韦罗基奥的影响，后者也是达芬奇的老师。

《波提切利》的作者费德里科·波莱蒂认为：

波提切利调整老利皮的构图，将圣母与圣子放在墙内，即放在"有墙的花园"，墙外依稀可见装点着丝柏与植物的岩石山丘。圣母脸上流露出充满幽思、漫不经心的表情，有着老利皮的影子；同样的情况也出现在某些体态、肌肉光影交接处的轻柔色调、垂落的布褶以及圣光与透明面纱等细节上。（费德里科·波莱蒂，《天才艺术家：波提切利》）

《圣母子和天使》，
波提切利，约 1468—1469 年，
卡波迪蒙特博物馆藏

十一

卡波迪蒙特博物馆中有几幅不错的意大利北部文艺复兴时期的大家作品。

安德烈·曼坦尼亚是意大利北部支持人文主义文化的带头人。《圣尤菲米娅》是曼坦尼亚较为早期的作品，装饰花饰的运用让人不免想起了画家在帕多瓦的老师弗朗西斯科·斯夸尔乔内，装饰性的拱门为画面人物创造了一种自下而上的透视效果。

1640年，曼坦尼亚成为曼托瓦的贡扎加家族的宫廷画师。《弗朗西斯科·贡扎加》的主人公是曼托瓦大公的次子，出生于1444年，1461年成为红衣主教。曼托瓦的公爵宫里著名的婚房壁画上就有弗朗西斯科的形象。

《弗朗西斯科·贡扎加》，安德烈·曼坦尼亚，1460—1462年，卡波迪蒙特博物馆藏

《圣尤菲米娅》，安德烈·曼坦尼亚，1454年，卡波迪蒙特博物馆藏

曼坦尼亚是威尼斯画派的开创者乔瓦尼·贝利尼的妹夫，与曼坦尼亚相比，贝利尼对色彩的兴趣大过绘图。《变容》是威尼斯画派的代表作之一，画面上的光线处理得非常到位（贝利尼协调了透视与漫射的光线，这种光线比当时意大利中部绘画中的光线要柔和得多），画面上人物的人性与神性交相辉映，田园风光在光的作用下显得绚丽多姿，画面色彩弥漫开来，烘托了场面的氛围。有人说背景的建筑是克拉塞的圣阿波利纳雷教堂和拉文纳的西奥多里克陵墓。

《变容》，乔瓦尼·贝利尼，1478—1479 年，卡波迪蒙特博物馆藏

洛伦佐·洛托是贝利尼的学生，他曾在意大利罗马和其他地方绘画20年，曾与拉斐尔共事过。他回到威尼斯后，并不被提香主导的威尼斯画派所接受，最后被迫离开威尼斯，在洛雷托圣殿献身修道，了此余生。

祖菲评论道："洛托痛苦的人生经历与提香个人巨大的成功形成鲜明的对比。洛托描绘出一种更加内在、阴郁和痛苦的人类形象。"

过去的艺术史上很少提及洛托这位优秀的画家，我在参观欧洲大博物馆时，每每注意到他的创造力和精神自由，所以经常多看两眼吧。

卡波迪蒙特博物馆展出了洛托的《主教博纳多·德罗西肖像》和《圣母子和殉道者圣彼得》。

《主教博纳多·德罗西肖像》，洛伦佐·洛托，1505年，卡波迪蒙特博物馆藏

前者是心理学特征画作的典型代表。

主教即将突然转身的瞬间被凝固在画中,让我们直观感受到其迅速和专注。他的眼神锐利,双唇紧抿,鼻孔张开,右手紧握着一个纸卷,所有这些都显示出他的敏锐与干练、出色的决断力和坚定的意志力。画法清晰、专注而果断,有着水晶般透彻的感觉,通过这种画面的清澄感制造出通透的人物性格:如同道出了事实——通过外表能够看到一个人的心理和道德。(马蒂亚·盖塔编著《那不勒斯卡波迪蒙特博物馆》)

《圣母子和殉道者圣彼得》,洛伦佐·洛托,1503年,卡波迪蒙特博物馆藏

雅各布·德巴尔巴里的《弗拉·卢卡·帕乔利和学徒》的主人公是方济各会的修士，也是一位伟大的数学家，他研究的是透视法的数学原理。画面上的弗拉此刻正在研究欧几里得原理，桌面上有一把两脚规、一个分度规、粉笔、海绵、两个几何体、欧几里得的著作和一本可能是弗拉1494年在威尼斯出版的刊物。站在他身边的男子很有可能就是奎多巴尔多·达·蒙特费尔特罗，这幅方济各会修士的画像就是送给他的。画面左侧悬挂着透明多面体，上面倒映出的建筑和乌尔比诺总督宫的建筑十分相似，其含义至今仍然是个谜。

《弗拉·卢卡·帕乔利和学徒》，雅各布·德巴尔巴里，1495年，卡波迪蒙特博物馆藏

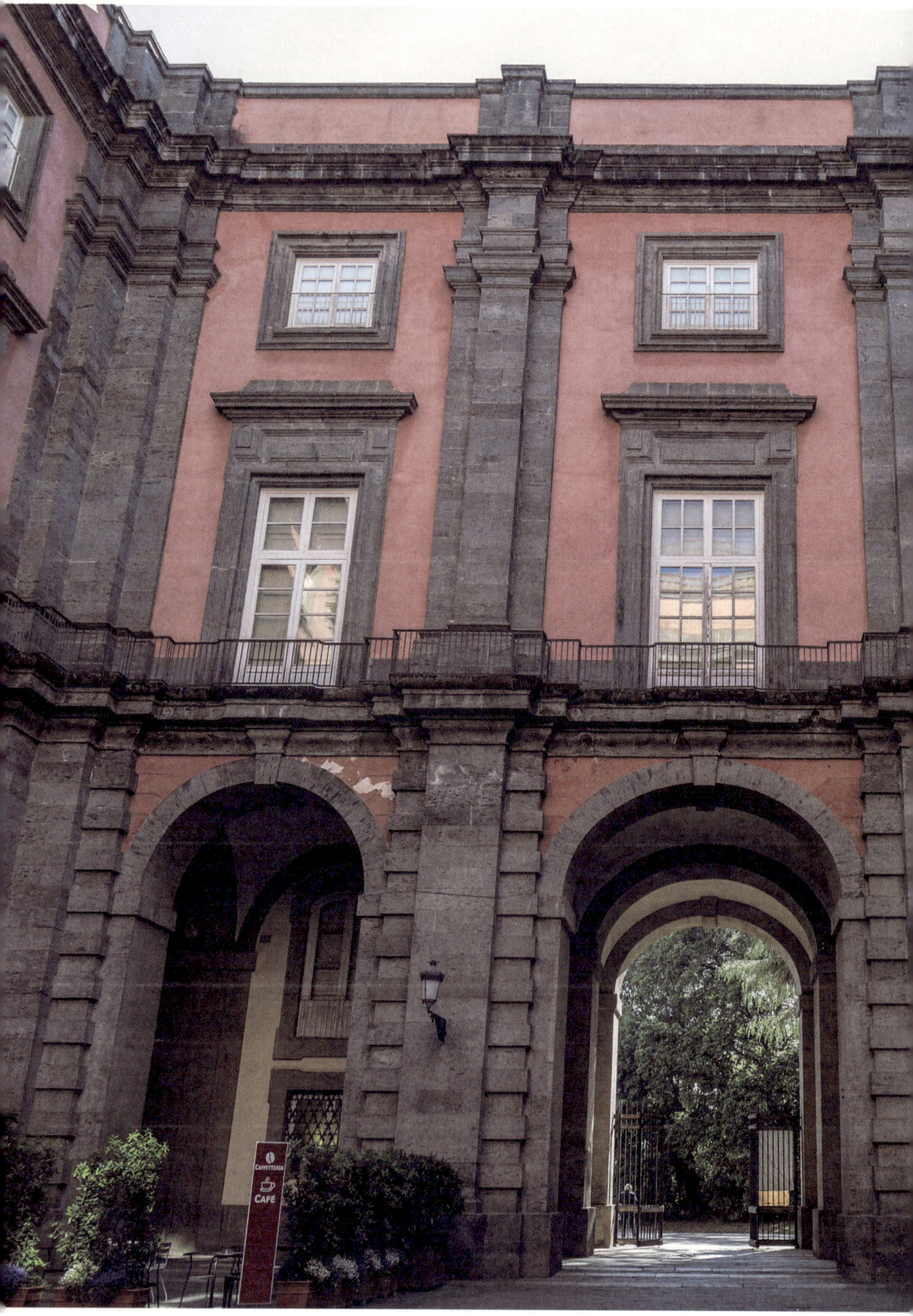
CAFFETTERIA
CAFÉ

第 七 章

卡波迪蒙特博物馆

（下）

卡波迪蒙特博物馆不仅收藏绘画、雕塑，还收藏各种宝物、瓷器、家具和地毯等。

一

接二连三，在卡波迪蒙特博物馆看到了我心仪已久的几位画家的代表作。

埃尔·格列柯（El Greco，1541—1614年）出生于希腊克里特岛，早年去威尼斯发展，后经意大利微型画家朱利奥·克洛维奥（Giulio Clovio，1498—1578年）的推荐（"格列柯为威尼斯派大师提香的弟子，令人称羡的肖像画家，是一位优秀的画家"），成为第一位为罗马法尔内塞家族效力的外国艺术家。

当时朱利奥是法尔内塞家族的图书管理员。格列柯为此绘制了《朱利奥·克洛维奥》，横幅的画面让主人公有足够的宽度用右手食指指着一本颇富盛名的小册子《祈祷书》，这是朱利奥亲自为红衣主教法尔内塞在1546年完成

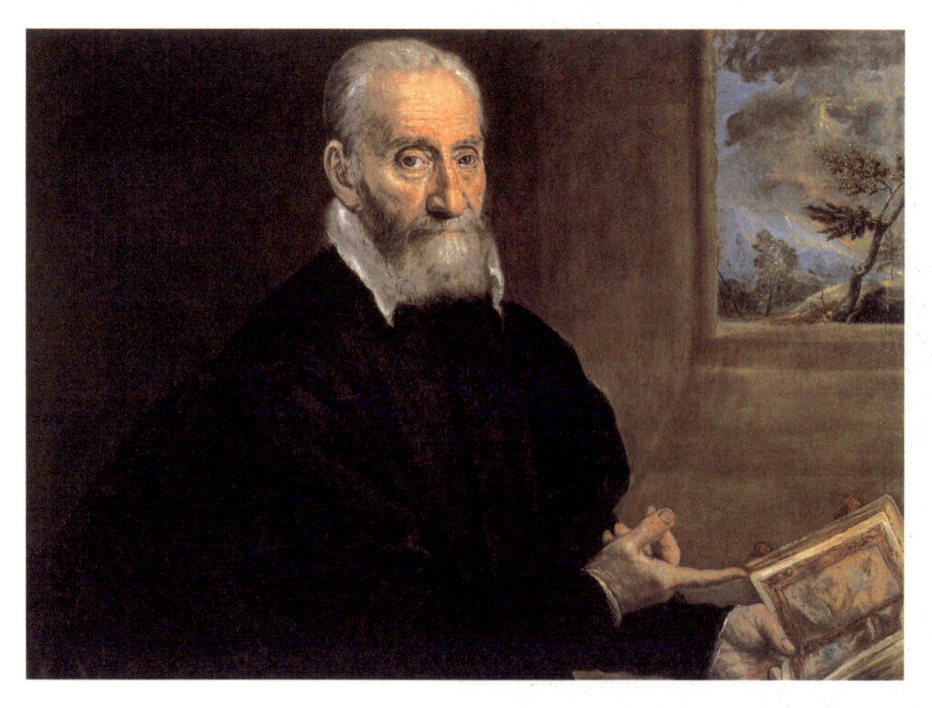

《朱利奥·克洛维奥》，埃尔·格列柯，1570年，卡波迪蒙特博物馆藏

的微型画册，现在为纽约皮尔庞特·摩根图书馆所收藏。

《朱利奥·克洛维奥》对于光的处理以及景物的描绘，无一不展示了艺术家本人对彼时威尼斯画派风格的浓厚兴趣，其点睛之笔在画面背景的窗口，极目望去就是一番曼妙的景致。

让我惊艳的是，旁边还有一幅格列柯的《吹炭火点蜡烛的男孩》。我曾在格列柯的许多画册中看过这幅画，百看不厌，没想到今天在这里不期而遇。我连忙与它合影留念。

这幅画的主题是一幅已经遗失的古代画作的再现。公元前4世纪亚历山大大帝在位期间，一位叫安迪费洛的画家"因一幅温馨柔美的画而闻名，画中有一男孩吹着炭火，火光照亮家中周遭环境的同时，也照亮了男孩的脸"。（周芳莲，《格列柯：西班牙的画圣》）

虽然那个"家"在格列柯的画中消失了，但可以肯定的是，这种描述成了他创作灵感的源泉。

格列柯对现实主义的兴趣主要表现在《吹炭火点蜡烛的男孩》中，逼真的光线效果使得色彩的变化在光亮中显得更为协调。

作品给人的印象是亲切温馨，非常自然。在艺术史上，这幅作品具有重要的意义：大胆地将日常生活的场景转化成尊贵的题材并绘制成艺术精品。（周芳莲，《格列柯：西班牙的画圣》）

《吹炭火点蜡烛的男孩》目前有四个版本，卡波迪蒙特博物馆的肯定为真，美国佩森家族收藏的应该也是真的，佛罗伦萨乌菲齐美术馆和热那亚皇家博物馆收藏的可能是16世纪末的仿品。

《吹炭火点蜡烛的男孩》,
埃尔·格列柯,
1570—1575 年,
卡波迪蒙特博物馆藏

《寓言》,
埃尔·格列柯,
1570—1575 年,
卡波迪蒙特博物馆藏

格列柯还有一幅类似题材的作品《寓言》，画面中男孩身旁伴有一只猴子和一名身着布衣的男子，他们全神贯注地凝视着火焰。有艺术史学者认为这幅画是一则寓言故事，隐喻生命中无意义的贪婪和挥霍。格列柯很可能是受到1570年代威尼斯画派黑夜光线效果实验的影响，精准地把握住对光线的描绘。

二

格列柯从威尼斯去罗马途中路过帕尔马，受到了当地的大画家柯勒乔（Correggio）的极大影响。

我也是极喜欢柯勒乔的作品的，卡波迪蒙特博物馆有其两幅佳作——《吉普赛女郎》（《圣母子》）和《圣凯瑟琳的神秘婚姻》，可惜的是，我在博物馆时竟然忽略了它们（也许没展出？）。《吉普赛女郎》尺寸很小，很有可能并未完成，画面上描绘的是圣母子逃亡埃及途中小憩的场景；《圣凯瑟

《吉普赛女郎》（《圣母子》），柯勒乔，约 1515—1516 年，卡波迪蒙特博物馆藏

《圣凯瑟琳的神秘婚姻》，柯勒乔，约 1517—1518 年，卡波迪蒙特博物馆藏

琳的神秘婚姻》则和画家的许多其他佳作一样"整幅画充满了甜蜜和亲切的氛围，具有魔力般的诗意"。（马蒂亚·盖塔编著《那不勒斯卡波迪蒙特博物馆》）

柯勒乔早年受达芬奇的晕涂法的影响，但这幅画是他去罗马后接受了拉斐尔绘画的意境。

我还看到了柯勒乔的"弟子"——帕米贾尼诺的几幅代表作。

帕米贾尼诺少年老成，很早就以独立助手的身份协助柯勒乔绘制帕尔马圣约翰福音教堂小礼拜堂的湿壁画，后来去罗马发展，被誉为拉斐尔再世。

《神圣家族和施洗者圣约翰》创作于罗马时期，画家受到了拉斐尔古典主义绘画风格的影响。

帕米贾尼诺早年在帕尔马就是一位颇有名气的肖像画家。赖瑞蓥的《帕米贾尼诺》是这么描述的：

> 他对人物相貌和心理的观察细致入微，使得他在肖像画的领域从一开始便表现卓越。尽管他早年的肖像画在背景的空间配置上并不十分令人满意，但精确的写实性和精美的画作品质，特别是对人物个性的描绘，为他赢得了不少赞助者。

《神圣家族和施洗者圣约翰》，帕米贾尼诺，约 1524—1527 年，卡波迪蒙特博物馆藏

《加莱亚佐·圣维塔尔》是帕米贾尼诺在负责位于丰塔内拉托的圣维塔尔城堡浴室的装饰画《亚克托安神话故事》的时候创作的。画面上人物的姿势在空间上显得颇有些含混不清，他坐在位于画面前景的椅子上，而椅子本身运用透视法被缩小了，光线折射在人物的凹凸面上，进一步体现出人物的坐立不安，也反映了帕米贾尼诺纯熟的画技。

《加莱亚佐·圣维塔尔》，帕米贾尼诺，1524年，卡波迪蒙特博物馆藏

三

关于帕米贾尼诺的名作《年轻女子肖像》（《安提亚》），一种说法是创作于1524—1527年，即罗马时期。主人公是高级妓女安提亚，她是画家在罗马期间的情人。博物馆的官方指南认为："画面上的女子年轻而神秘感十足，她的外表看起来有如清纯处子，衣物装扮却显得不同俗常，这是典型的意大利风格主义代表作。"（Sapio, ed. *The Museum of Capodimonte*）

但也有人认为这是画家的晚期之作，创作于1530—1535年。

佛罗伦萨乌菲齐美术馆有一幅帕米贾尼诺晚期的经典作品《长颈圣母》，而《年轻女子肖像》中的女子的相貌与神韵皆酷似《长颈圣母》里的一位天使，因此有人猜测，画中的女子可能是《长颈圣母》赞助人家族成员之一。

《年轻女子肖像》(《安提亚》),帕米贾尼诺,
1524—1527 年 / 1530—1535 年,卡波迪蒙特博物馆藏

无论如何，由女子身上所系的围裙，可以看出这款服饰是北意大利地区的民族服；从女子华丽的衣着和首饰，可以推测她也许是位新婚不久的少妇。（赖瑞鋆，《帕米贾尼诺》）

赖瑞鋆继续评论道：

尽管这幅肖像画中的女子看起来似乎个性天真，她以静止的立姿正对着画面，脸型完美、轮廓僵硬，几乎近于几何化的卵形。可是女子左右手不对称的比例造成了身体的变形，貂皮披肩的貂头仿佛露出利齿，咬在女子右手的手套上，这些诡异的构图动机，强烈地暗示着画中另有含义。（赖瑞鋆，《帕米贾尼诺》）

晚年的帕米贾尼诺在这幅《年轻女子肖像》中，再度发挥其早年在《凸镜里的自画像》中的变形观念，利用视觉上的错觉表达个人的抽象思维和作画理念，他在"变形游戏"的绘画过程中也反映出他所处的时代的思潮。他所处的16世纪上半叶，就像奥维德在《变形记》里所描述的千变万化的世界，文学和艺术中所有的巧思变化都被视为绝佳的表现。

四

帕米贾尼诺与拉斐尔一样，都是不到40岁就离开了人世。在他生命的最后几年，画家变得追求精神世界，极其热衷于炼金术，作品充满了象征性。

帕米贾尼诺告别了柯勒乔那种"平滑流动的柔软"，从他"一笔一画的草图，深奥难解的智性主义，还有迂回曲折的姿势"，（斯特凡诺·祖菲，

《图解欧洲艺术史：16世纪》）我们可以看到画家是如何追求精致的古典主义的。

《贞妇卢克丽霞》也是帕米贾尼诺后期的作品，画面上描绘的是被罗马最后一任君王——傲慢王塔克文强暴的罗马贵族妇女卢克丽霞，画面上的她因为失去贞洁而羞愤难当，用一把匕首刺入心脏，以此自我了结。

主掌构图的寒色调和凄冷的光线衬托着卢克丽霞激昂的表情，不但升华了悲壮的气氛，也勾画出决定卢克丽霞命运的瞬间。帕米贾尼诺在卢克丽霞肩上的衣服扣环上装饰着狄安娜打猎的图像，透过希腊女神狄安娜的贞洁，象征卢克丽霞的贞洁情操。（赖瑞鎣，《帕米贾尼诺》）

《贞妇卢克丽霞》，
帕米贾尼诺，
约1532年，
卡波迪蒙特博物馆藏

五

当然，博物馆中的老彼得·勃鲁盖尔的两幅画，我是一定要看的。

《厌恶人类者》是个谜。

画面底部的佛兰德谚语说的是："世途险恶，我只能披麻戴孝。"15世纪著名的人文主义学者伊拉斯谟的解释最为简洁：圆形的画面描绘神秘的遁世者试图逃离这个充满谎言的虚伪世界，远离那个偷盗他钱袋子的窃贼。

《厌恶人类者》，老彼得·勃鲁盖尔，约1568年，卡波迪蒙特博物馆藏

《问道于盲》，老彼得·勃鲁盖尔，1568 年，卡波迪蒙特博物馆藏

《问道于盲》更加出名，描绘的是福音书中的一句话："若盲人引领盲人，都将跌入沟中。"这个主题和伊拉斯谟的人文主义思想有着异曲同工之处，画面背景描绘的是布鲁塞尔附近的乡村教堂。

捷克艺术史家德沃夏克则认为这幅画的"奇特之处在于这样一个事实，如此无足轻重的事件、无足轻重的英雄，成为其观看世界的焦点"。

色彩的规划基于紫色、灰色、绿色的黯淡光影，十分罕见。从绘画技巧的角度看，在画布上使用蛋彩，在勃鲁盖尔的作品中也是例外。背景中的教堂被置于危险失衡的"中枢线"上，教堂独立而坚固屹立，它作为精神真理的来源，却无法避免灾难的发生。（威廉姆·德洛·鲁索，《天才艺术家：勃鲁盖尔》）

六

有几幅作品的名气没这么大，但也是可圈可点。

吉罗拉莫·马佐拉·贝多利的《裁缝肖像》。画家在描绘这位所谓的"中产阶级"裁缝的时候采用的是一种非正式的肖像画姿势，画家在创作过程中，着重强调了人物胡须上隐约的光斑、前景上华丽的布料以及裁缝工具的细节，效果生动有趣。

索福尼斯巴·安奎索拉的《演奏小型立式钢琴的画家自画像》。在彼时为数不多的女画家之中，年轻的安奎索拉不论是生平还是作品都十分著名，她在这幅作品中描绘的就是彼时女子日复一日的室内生活常态。

乔瓦尼·兰弗兰科的《抹大拉的玛利亚》原本是"隐士更衣室"天花板上的装饰画，这间所谓的更衣室位于朱莉亚大街上的行宫里，里面包括九幅装饰画板。圣徒的裸体十分逼真，具有厚重的质感，三个小丘比特勉力才能托起她，烘托人物飞升的背景是鸟瞰视角下

《裁缝肖像》，吉罗拉莫·马佐拉·贝多利，约 1540—1545 年，卡波迪蒙特博物馆藏

《演奏小型立式钢琴的画家自画像》，索福尼斯巴·安奎索拉，约 1555—1559 年，卡波迪蒙特博物馆藏

《抹大拉的玛利亚》，乔瓦尼·兰弗兰科，约 1616—1617 年，卡波迪蒙特博物馆藏

的风景，画家通过运用冷色调凸显了光与影的强烈对比。

卡罗·沙拉契尼的《伊卡罗斯的坠落》共计6幅画作，很像一本连环画书，描绘的是有关建筑师代达罗斯和其子伊卡罗斯的神话故事里重要的一幕：父子俩从代达罗斯为迈诺斯建造的迷宫里逃脱，这座迷宫此前是关押他俩的牢笼，为了逃命，代达罗斯用鸟的羽毛和蜡制作了翅膀，飞出了迷宫。然而，代

《伊卡罗斯的坠落》（组图），卡罗·沙拉契尼，1606—1607年，卡波迪蒙特博物馆藏

达罗斯亲眼看到了自己儿子的死亡，因为伊卡罗斯飞得太靠近太阳，炙热的阳光融化了蜡做的翅膀，使得他从天空中坠落身亡。

这组画作是法尔内塞家族委托创作的，目的可能是用来装饰家族宫殿里的某个房间。来自威尼斯的沙拉契尼驻留在罗马期间创作了这组画作，画家贯彻了威尼斯画派对于自然细节的精准把控，侧重对于光和大气的描绘。此外，画家在创作过程中还运用了17世纪初期活跃于罗马的亚当·埃尔舍默的北部景观画风格。

七

卡波迪蒙特博物馆不仅收藏绘画、雕塑，还收藏各种宝物、瓷器、家具和地毯等。其实，现在博物馆中仍有许多房间保持着王宫当年的布局，只是我们不可能用一天的时间把里面所有的东西都仔细欣赏完。

例如王宫的房间内悬挂着伟大的西班牙画家戈雅的《帕尔马的玛利亚·路易莎和查尔斯四世》，这两幅画作很有可能属于西班牙王后玛利亚·伊萨贝拉，即查理四世和玛利亚·路易莎的女儿，也就是弗朗西斯一世的妻子。作为宫廷画师，戈雅以冷酷的现实主义手法为君王及其皇室家庭成员创作了很多肖像，这些肖像着重体现了人物傲然挺立的身姿和精神面貌。

另一间房间内有安东尼奥·卡诺瓦的雕塑《莱蒂齐亚·拉莫利诺·波拿巴》。这尊石膏模型刻画的是身着古罗马妇女装的拿破仑的母亲，其大理石雕塑为德文郡的查特斯沃斯庄园收藏。石膏模型的表面被涂上了一层蜡膜，使其表面更为光滑，更好地体现出塑像的光泽感。

博物馆62号展厅里的七幅挂毯描绘了1525年的那场重要战役——帕维亚战役。这是神圣罗马帝国和法兰西之间的一场战役，查理五世统治下的帝国军

《帕尔马的玛利亚·路易莎和查尔斯四世》，戈雅，约1790年，卡波迪蒙特博物馆藏

《莱蒂齐亚·拉莫利诺·波拿巴》，
安东尼奥·卡诺瓦，
约1806年，
卡波迪蒙特博物馆藏

队由佩斯卡拉侯爵唐·费兰特·德阿瓦洛斯统领，对阵法兰西国王弗朗西斯一世的军队。这场战役最后以帝国的胜利告终，帝国军队击败和俘虏了法兰西国王。

这些挂毯是在1528年到1531年间由布鲁塞尔的知名工厂编织成的，插图原稿取自伯纳特·凡·奥利的漫画，挂毯的编织工艺则由佛兰德编织工匠威廉·德莫耶提供（第二幅和第六幅上有工匠签名）。这七幅挂毯是皇帝送给布鲁塞尔的国礼，1571年，它们成了弗朗西斯科·费迪南多·德阿瓦洛斯的收藏品。

《帕维亚战役》（挂毯），威廉·德莫耶，1528—1531年，卡波迪蒙特博物馆藏

八

我特地要寻找的卡拉瓦乔的《被鞭打的耶稣》在博物馆二楼长廊尽头的78号展厅，这个小房间里只有这一幅画。馆方非常巧妙地让它对着一系列展厅的入口，这样观者很早就能看到它，而且越往前越清晰。

走入78号展厅，里面暗暗的，灯光只打在《被鞭打的耶稣》上，像极了影厅播放电影的场景。

《被鞭打的耶稣》,卡拉瓦乔,1607年,卡波迪蒙特博物馆藏

卡拉瓦乔在那不勒斯短暂停留过两次，第一次是1606年他杀了人后，同年8月逃到了那不勒斯。1607年7月去马耳他前，他接到了几所教堂绘制祭坛画的委托，其中之一就是5月为那不勒斯的圣多梅尼科马焦雷教堂的祭坛所绘制的《被鞭打的耶稣》，教堂的捐赠人为此支付了约200块达克特金币。

大约在1609年，卡拉瓦乔再次回到那不勒斯，准备回罗马，他对这幅画作了修改。

刚进展室的时候，我们的视线完全被亮处的耶稣所吸引，几乎无法分辨究竟有几人在迫害耶稣。慢慢熟悉了黑暗后，可以看到一个相貌粗野的男人正在鞭打耶稣，与此同时，右边的男人正在收紧绳索。

最后，我们在左下方看到跪着一个人。《卡拉瓦乔》的作者科尼格提醒我们：他的作用是切断了画幅框架的边缘，将我们的视线引入画面中。只有当他匍匐前进的时候，他才将自己的脸面向主要人物，但他没有停下自己手中的工作（捆绑地上的一捆柴）。

画中，耶稣沉默地屈服于自己的命运，而施刑者的脸部扭曲成怪脸，手里抓着耶稣的头发；耶稣身上绑的腰布褶皱与他被绑的圆柱呈垂直状。卡拉瓦乔之后的所有画作，特别是那些在那不勒斯期间的创作都使用了近乎全黑的背景来衬托被明亮光线照射的人物，以营造出画面强烈的对比。（斯蒂芬尼·祖菲，《天才艺术家：卡拉瓦乔》）

展厅旁边的展室都陈列着受卡拉瓦乔影响的作品，单独看尚可，但与卡拉瓦乔相比，缺乏张力和戏剧性，不堪卒读。

九

奎多·雷尼比卡拉瓦乔年轻几岁，继卡拉瓦乔之后，成为意大利最受欢迎的画家。

《阿塔兰忒和希波墨涅斯》是其名作，处女猎手阿塔兰忒不愿结婚，她向每一位追求者提出了赛跑挑战，这些追求者没有一位能赢她，因而被处死。希波墨涅斯也来参加比赛，比赛过程中，他把阿芙洛狄忒交给他的一只金苹果扔到地上，使得奔跑中的阿塔兰忒吃了一惊，急忙站住，弯下身子把金苹果捡了起来，于是就落后了希波墨涅斯很远的路程，使得后者赢得了比赛。雷尼描绘的故事高潮情节取材于奥维德的《变形记》。

《阿塔兰忒和希波墨涅斯》，奎多·雷尼，1620—1625年，卡波迪蒙特博物馆藏

阿塔兰忒和希波墨涅斯距离观画者是如此之近，处于复杂的对角线构图中，部分区域明亮，部分掩藏在阴影中。两名主人公是如此动感，却表现出形而上学的静止状态，形成宇宙时空中一抹独特的景观。冷色和铅灰的背景色调为渲染抽象的诗意增添了浓重的一笔。（马蒂亚·盖塔编著《那不勒斯卡波迪蒙特博物馆》）

十

我们上三楼看了当代艺术展，作品比我想象中的少。意大利艺术大师阿尔贝托·布里的《黑色大裂缝》是画家专门为卡波迪蒙特制作的，1980年，布里将这件作品赠给了博物馆。

也许正是这个原因，《黑色大裂缝》与博物馆的空间极为协调。我第一眼看去还以为它只是展厅的普通装饰。

《黑色大裂缝》，阿尔贝托·布里，1978年，卡波迪蒙特博物馆藏

1985年，波普艺术开创者安迪·沃霍尔在卡波迪蒙特举办个人展的时候，为了向这座城市的标志性景观——那不勒斯风景画中毋庸置疑的主角——维苏威火山致敬，创作了丝网印刷品《维苏威火山的喷发》。

我很喜欢这幅画，把它作为拙作《中国股市17年》再版的封面。寓意以往的中国股市经常像火山般井喷，然后又寂静无声。

《维苏威火山的喷发》，安迪·沃霍尔，1985 年，卡波迪蒙特博物馆藏

十一

一大早我们就来到博物馆，转眼已经是下午五点，是回去的时候了。

我照例来到门口的售票处买一本博物馆的介绍。这时发现几幅很有意思的作品刚才没看见，我急忙询问，才知这些作品在卡波迪蒙特博物馆的那不勒斯巴洛克艺术展厅内。特别之处在于，因卡波迪蒙特博物馆经费不足，这些展厅只在一天中的几个时段开放,下午五点正好是最后一场。

我们赶紧跑去二楼,与几位游客一起进入展厅。

据卡波迪蒙特博物馆馆长马列拉·乌迪利介绍,17世纪初期,那不勒斯是欧洲人口最多的城市之一,居民多达30万,且增长速度令人惊讶,在不到50年的时间内增至40万人。西班牙总督则实施了将所有的行政、司法和军事机构迁移并集中到那不勒斯的政策,致使拥有土地的贵族大举迁徙。接着,想要获得更好生活条件的农民和平民也不断从周边乡村进入城市,这都使得那不勒斯城里的交通和商业更加便利和集中。与此同时,宗教机构以前所未有的积极性兴建教堂和修道院,向艺术家们订购相关艺术品。总督和贵族们定制的高档艺术品毫不逊色于宗教作品。

这时,卡拉瓦乔正好逃亡到那不勒斯,他在当地创作的《被鞭打的耶稣》等祭坛画让那不勒斯的艺术家耳目一新,从此开启了巴洛克艺术的"黄金百年"。

十二

在那不勒斯最忠实的卡拉瓦乔追随者中,早期的画家以卡洛·塞利托(Carlo Sellitto)和巴蒂斯泰洛·卡拉乔洛(Battistello Caracciolo)最为著名,他们的画风是"增强的阴影部分添入锐利的光亮,再加上从现实的日常生活中提取出的人物形象"。(中华世纪坛世界艺术馆、卡波迪蒙蒂博物馆编著《重返巴洛克:那不勒斯的黄金时代绘画》)

他们在博物馆展示的代表作分别是《圣塞西莉亚》和《缚于柱上的耶稣》。圣塞西莉亚是音乐家的保护神。《缚于柱上的耶稣》会让我们产生与卡拉瓦乔的《被鞭打的耶稣》比较的冲动,在这里,耶稣似乎试图逃离施虐者。

《圣塞西莉亚》，
卡洛·塞利托，1613年，
卡波迪蒙特博物馆藏

《缚于柱上的耶稣》，
巴蒂斯泰洛·卡拉乔洛，约1630年，
卡波迪蒙特博物馆藏

卡拉乔洛的风格多变，他自1606年受到卡拉瓦乔的影响，但从1620年代起，他又受到了博洛尼亚画派的影响，使用了更明亮的色调。

2011年，卡波迪蒙特博物馆曾在北京、武汉和广州举办过"重返巴洛克：那不勒斯的黄金时代绘画"展览，展品中有一幅卡拉乔洛色彩明亮的《维纳斯和阿多尼斯》，阿多尼斯是个年轻的牧羊人，他在属于维纳斯和珀尔塞福涅的领地上放牧，两位女神都爱上了他。画面中，维纳斯轻轻地把右手搭在情人的胳膊上，阻止他做出表明他将要下到冥界的手势。

《维纳斯和阿多尼斯》,巴蒂斯泰洛·卡拉乔洛,约 1631 年,卡波迪蒙特博物馆藏

十三

与卡拉乔洛一起追随卡拉瓦乔的还有一位神秘的"昭告牧人的大师"（由于他擅长绘制"向牧羊人昭告耶稣即将诞生"的主题而被人如此称谓），他的画作色彩更为浓重，明暗对比更为突出，遵循更为严格的自然主义。现在人们断定他是西班牙瓦伦西亚人胡安铎（Juan Do）。

从《昭告牧羊人》可以看到这位大师所谓的坚持卡拉瓦乔式的自然主义并非是单纯继承了其对于光线的精确应用，还有其对于人物的刻画：画面上的农场工人和牧人之所以如此栩栩如生，是因为他们的原型就是来自生活中真实的农场工人和牧人，常见的美丽可爱的小天使也变成了两个胖乎乎非常俗世的幼儿。

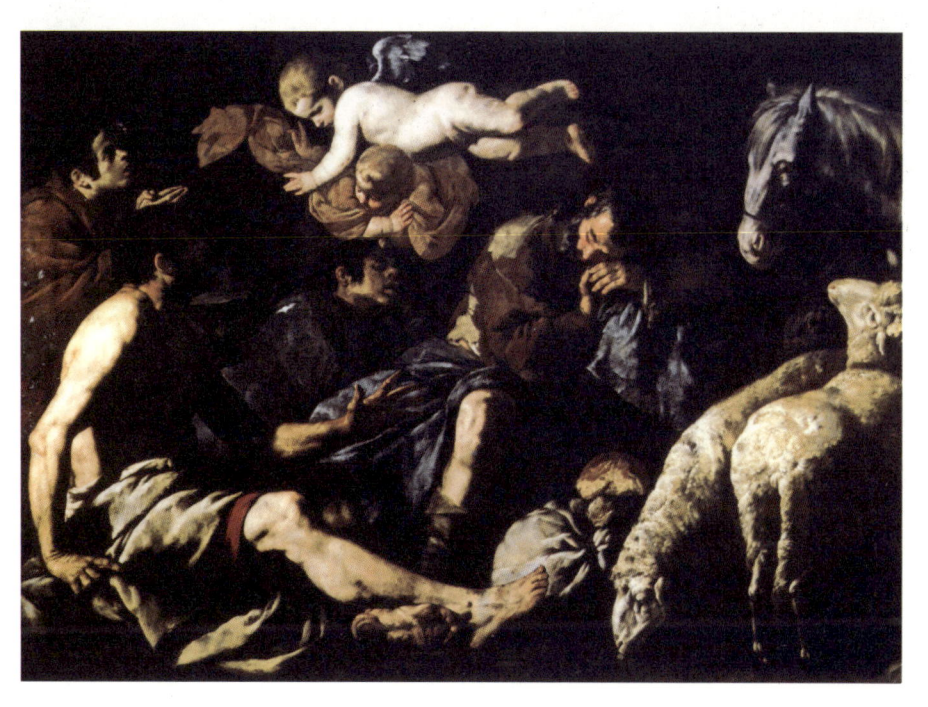

《昭告牧羊人》，胡安铎，约 1625 年，卡波迪蒙特博物馆藏

大师的另一幅《浪子回头》也是类似的风格。《浪子回头》是圣经福音书中著名的故事，当时特伦托会议之后，教会力量增强，很多"罪人"都被神的慈悲感召而回归理性。

《浪子回头》，胡安铎，约 1635 年，卡波迪蒙特博物馆藏

十四

1616年前后，朱塞佩·德·里贝拉（Jusepe de Ribera）从西班牙来到那不勒斯。里贝拉的绘画从一开始就强烈表现出受卡拉瓦乔画派的影响。里贝拉经常绘制半身像，把他所面对的街道上的平民百姓当作画中的圣人或者哲学家的原型，在作画时运用具有卡拉瓦乔风格的亮光。他作品中的形象具有很强的感染力，对自然主义画派的很多艺术家产生过决定性影响。

《圣杰洛姆和审判天使》是里贝拉为那不勒斯的圣三一修女教堂创作的。1813年，修道院被镇压之后，这幅画被转移到了波旁皇室博物馆。画面上圣徒的身份很容易识别：象征忏悔的头盖骨、代表圣经译本的卷轴、红衣主教的外套。背景左侧是被圣徒驯化的狮子，画面上的圣徒看起来好像被卡拉瓦乔式的吹着号角的审判天使的幻影吓到了，头盖骨和书籍的描绘则遵循了典型的静物画模式。然而，对比画家早期的阴郁的现实主义绘画，这幅作品画面的明暗对比明显柔和了许多，色调也明亮了许多，可以说是1630年代生动明亮的绘画风格的前奏。

《圣杰洛姆和审判天使》，朱塞佩·德·里贝拉，1626年，卡波迪蒙特博物馆藏

在《喝醉的西勒诺斯》中，里贝拉描绘了奥维德《岁时记》里提到的狂欢场景，这一场景因为肖像学图解的复杂性，有很多不同版本的解读。画面场景的中央是潘神的儿子西勒诺斯，纪念酒神巴库斯的狂欢派对使得此刻的他已经醉醺醺的。这件作品是里贝拉艺术成熟期中较为早期的作品，卡拉瓦乔式的绘画风格仍然十分明显。画面左下角的由一条蛇支撑的装饰板上有画家的签名和日期。

我每次看到西勒诺斯的啤酒肚，总感到有些羞愧，因为自己的肚子也在与日俱增啊。

《喝醉的西勒诺斯》，朱塞佩·德·里贝拉，1626 年，卡波迪蒙特博物馆藏

　　介绍一下《带有公山羊头颅的厨房内景》。画面上的厨房看起来颇为灰暗，但这丝毫没有阻碍画家通过光线处理来突出铜盆里还在滴血的公山羊头颅和草筐里的鸡蛋。近来，人们将这幅作品归为在卡拉瓦乔式的光线处理上有杰出造诣的里贝拉的创作。

　　里贝拉的《阿波罗和玛尔叙阿斯》定格了两位主人公在音乐比赛中最后一个戏剧性的画面：阿波罗战胜了玛尔叙阿斯，并对他之前的傲慢无礼进行了严酷的惩罚。之前，半羊人玛尔叙阿斯捡到了雅典娜的笛子，经过练习后向演奏里拉琴的阿波罗发起了无礼的挑战。

《带有公山羊头颅的厨房内景》，朱塞佩·德·里贝拉，约 1650—1660 年，卡波迪蒙特博物馆藏

《阿波罗和玛尔叙阿斯》，朱塞佩·德·里贝拉，1637 年，卡波迪蒙特博物馆藏

十五

随着岁月的流逝,卡拉瓦乔的影响在渐渐淡化,这是因为那不勒斯艺术家又接受了新的刺激和影响,他们的思想在和到此旅行或者逗留的不同风格的艺术家的接触中变得成熟。

马提亚斯·斯托莫(Matthias Stomer)是此时期最明显地摆脱了卡拉瓦乔的"强光阴影"的艺术家,他受北方风格所影响,绘制了很多"夜光"下的油画,如《牧人的朝拜》和《以马忤斯的晚餐》。

卡拉瓦乔也画过两幅《以马忤斯的晚餐》,其分别被收藏在伦敦国家画廊和米兰布雷拉画廊。

《牧人的朝拜》,马提亚斯·斯托莫,约 1637 年,卡波迪蒙特博物馆藏

《以马忤斯的晚餐》，马提亚斯·斯托莫，约 1630 年，卡波迪蒙特博物馆藏

从1630年代到1640年代，那不勒斯的卡拉瓦乔主义已经不像世纪初那么纯粹，画家们吸收了其他经典艺术家更暖的色调，描画更细微的光线，组成更精致的构图。代表性的画家有马西莫·斯坦齐奥内（Massimo Stanzione）、弗朗西斯科·瓜利诺（Francesco Guarino）、博纳多·卡瓦利诺（Bernardo Cavallino）和安德烈·瓦卡罗（Andrea Vaccaro）等。

斯坦齐奥内的《屠杀无辜》取自《马太福音》，这个题材以往经常被画家们采用，一般都是远景或中景，很少以如此近的距离乃至特写镜头表现凶残的画面。

《屠杀无辜》，马西莫·斯坦齐奥内，约 1625—1630 年，卡波迪蒙特博物馆藏

  瓜利诺曾是斯坦齐奥内的学生，他的《圣阿加莎》是17世纪那不勒斯作品中最为著名的一幅作品，我们从这件作品中可以明显看到受斯坦齐奥内风格的影响（如白色的衣衫陡然溅上红色的血渍）和丰富绘画元素的崭新趋势。圣徒的脸部非常抢眼，很有可能是以那不勒斯的贵族妇女为原型。

  安东尼奥·德·贝利斯（Antonio de Bellis）也是斯坦齐奥内的学生，但他的《圣彼得探访狱中的圣阿加莎》表现力就远不及《圣阿加莎》。

《圣阿加莎》，
弗朗西斯科·瓜利诺，
1640—1645年，卡波迪蒙特博物馆藏

《圣彼得探访狱中的圣阿加莎》，
安东尼奥·德·贝利斯，
1640年代初，卡波迪蒙特博物馆藏

卡瓦利诺的《陶醉中的圣塞西莉亚》展现了正统的优雅之美，也体现了画家用色上的精准老练。

画作用色别出心裁，一侧灰棕色、灰色和棕色不断碰撞，另一侧的圣徒染上浓烈的色彩，笔触忽而飘忽柔软，忽而激烈颤动，天鹅绒般柔软的画面边上有大块的留白，和谐的同时又具有强烈的戏剧感，正是这些元素构成了这幅画强烈的吸引力。事实上，这幅画所具有的甜美和轻巧似乎将洛可可的来临提前了，在当时却是实实在在的那不勒斯风格。（马蒂亚·盖塔编著《那不勒斯卡波迪蒙特博物馆》）

《陶醉中的圣塞西莉亚》,博纳多·卡瓦利诺,1645年,卡波迪蒙特博物馆藏

我更喜欢卡瓦利诺的《女歌手》，画面上一个年轻的姑娘站在红色的织物前，她有着椭圆形的漂亮脸庞以及光鲜的皮肤，头部略微抬起，因唱歌而张开了朱红色的双唇。她华美的丝绸或天鹅绒的棕色裙装边上，黑色的镶边正好与白色衬衫的蕾丝花边相映衬。姑娘双手姿态优雅，手指纤细，略带调皮和挑逗性，正在梳理着铜色的长发。

安德烈·瓦卡罗的《大卫王的凯旋》用色十分老练，棕色和紫色的主色调，画面的叙述风格充分展现了圣经故事的情节，这两大特征也反映了画家受到卡瓦利诺的影响，以及画家所掌握的1640年代从罗马发起、一直延续到那不勒斯的绘画技巧。

《女歌手》，博纳多·卡瓦利诺，1645—1650年，卡波迪蒙特博物馆藏

《大卫王的凯旋》，安德烈·瓦卡罗，1640—1650年，卡波迪蒙特博物馆藏

第七章 卡波迪蒙特博物馆（下） 211

十六

我们再来看三幅有些情色意味的作品,它们的作者都是佩西科·德·罗萨(Pacecco de Rosa)。

《狄安娜沐浴》是画家创作的古典神话故事之一。猎人阿克特翁不小心窥见了沐浴中的狄安娜,令她受了惊吓,所以他要受到惩罚。画中女性妖娆丰满的裸体是重新解读古典艺术理念的结果。

《狄安娜沐浴》,佩西科·德·罗萨,1645—1650 年,卡波迪蒙特博物馆藏

《维纳斯与马尔斯》中,维纳斯这位掌管爱情与美丽的女神、铁匠神的妻子,正在和她的情人战神说情话,他们两人被四个丘比特围绕着,小丘比特似乎也成为情人约会的组成部分。

《维纳斯与马尔斯》,佩西科·德·罗萨,1645—1650 年,卡波迪蒙特博物馆藏

在《萨梯发现睡梦中的维纳斯》中,女神身上裹着的蓝布不仅能衬托出其肌肤的晶莹白皙,而且和作为场面背景的深红色呢绒绸缎形成反衬。

在博物馆现场,这些色彩更是夺目。

《萨梯发现睡梦中的维纳斯》,佩西科·德·罗萨,1645—1650 年,卡波迪蒙特博物馆藏

十七

以上的那不勒斯巴洛克绘画作品的分析偏于理性，只有在现场，我们才能感知到这些艺术家的分量。

这些作品的最大特点是铺天盖地或者说顶天立地，这么巨大的尺幅，似乎只会在当代作品中出现。神话人物之类的作品，我们在鲁本斯等画家那里看到过，可那不勒斯的画家把鱼、西瓜和鲜花等静物画都描绘得如此庞大，很有些饕餮之徒的意思。

其实，我很想多琢磨一会这些作品，但因为那不勒斯的巴洛克艺术的重新发现是从1980年代才开始的，关于这些作品的介绍并不多，再加上展厅里的几位游客早早就走了，只留下我们和几位急于离开的保安。没办法，我们只能匆匆而过。

当我们再次走出博物馆时，天已黑，还好博物馆前台帮忙叫了辆车，让我们能从偏远的地方回到酒店。

就此结束了激情的那不勒斯之旅。

那不勒斯巴洛克绘画作品

参考书目

[1] Alcolea, Santiago. *El Greco*. Barcelona: Ediciones Polígrafa, 2007.

[2] Beard, Mary. *Pompeii: The Life of a Roman Town*. London: Profile Books, 2010.

[3] Cappelli, Rosanna and LoMonaco, Annalisa. *The National Archaeological Museum of Naples*. Rome: Mondadori Electa, 2016.

[4] Carpiceci, Alberto Carlo. *Pompeii: Nowadays and 2000 Years Ago*. Florence: Bonechi Edizioni, 2016.

[5] Cassani, Silvia and Sapio, Maria, ed. *Naples and Campi Flegrei: museums and places of art*. Naples: Electa Napoli, 2002.

[6] Giovanni, Giuseppe Di. *Agrigento: The Head of the Valley and the City of Temples*. 2016.

[7] Giuntoli, Stefano. *Art and History of Pompeii*. Florence: Bonechi Edizioni, 2002.

[8] Macci, Fazio. *Chapel of Sansevero Museum*. Naples: Alos Edizioni, 2016.

[9] Petrosillo, Orazio. *Vatican City*. Vatican City: Edizioni Musei Vaticani, 2008.

[10] Sapio, Maria, ed. *Gallerie d'Italia Palazzo Zevallos Stigliano*. Naples: Intesa Sanpaolo, 2015.

[11] Sapio, Maria, ed. *The Museum of Capodimonte*. Naples: Arte'm, 2012.

[12] Spagnolo, Maddalena. *Correggio*. Milan: Skira, 2008.

[13] Stucchi, Ermanno, ed. *Naples: Capital of Art*. Milan: Edizioni RotalSele, 2015.

[14] *Pompeii: As It Is-As It Was*. Rome: Archeolibri, 2016.

[15] [意]阿尔贝托·安杰拉：《原来，古罗马人这样过日子！》，廖素珊译，台湾商周出版，2016年。

[16] 澳大利亚Lonely Planet公司编《意大利》，魏志敏等译，中国地图出版社，2015年。

[17] [英]萨拉·巴特利特：《符号中的历史：浓缩人类文明的100个象征符号》，范明瑛、王敏雯译，北京联合出版公司，2016年。

[18] [意]费德里科·波莱蒂：《天才艺术家：波提且利》，束光译，阁林国际图书有限公司，2013年。

[19] [意]费德里科·波莱蒂：《天才艺术家：波提切利》，束光译，北京时代华文书局，2015年。

[20] [法]让·布兰科：《维米尔》，袁俊生译，北京美术摄影出版社，2016年。

[21] [美]戴尔·M·布朗：《庞贝：倏然消失了的城市》，张燕译，广西人民出版社，2004年。

[22] 陈志华：《意大利古建筑散记》，安徽教育出版社，2003年。

[23] [意]弗拉维奥·费布拉罗编著《性与艺术》，贺艳飞译，广西师范大学出版社，2016年。

[24] [意]马蒂亚·盖塔编著《那不勒斯卡波迪蒙特博物馆》，项妤译，译林出版社，2015年。

[25] [意]迪雷塔·哥伦布编著《那不勒斯国家考古博物馆》，崔娥译，译林出版社，2014年。

[26] [美]伊迪丝·汉弥敦：《希腊罗马神话：永恒的诸神、英雄、爱情与冒险故事》，余淑慧译，台北漫游者文化，2016年。

[27] 何政广：《乔托：西方绘画开山人》，河北教育出版社，2005年。

[28] 何政广编《世界名画家全集：维梅尔》，艺术家出版社，1998年。

[29] [美]威廉·E.华莱士：《米开朗基罗："雕塑·绘画·建筑"作品全集》，束光译，北京美术摄影出版社，2014年。

[30] [美]蒂姆·杰普森：《意大利》（国家地理学会"旅行家"系列），林晓琴译，辽宁教育出版社，2002年。

[31] [德]马里恩·卡明斯基：《提香》，朱橙译，北京美术摄影出版社，2015年。

[32] [美]罗伯特·B.柯布里克：《罗马人：地中海霸业的基石》，张楠等译，世界图书出版公司，2016年。

[33] [美]弗雷德·S.克雷纳、克里斯汀·J.马米亚：《加德纳艺术通史》，李建群等译，湖南美术出版社，2013年。

[34] [德]埃博哈德·科尼格：《卡拉瓦乔》，王语微译，北京美术摄影出版社，2014年。

[35] 赖瑞鎣：《帕米贾尼诺：矫饰主义绘画奇葩》，艺术家出版社，2012年。

[36] [意]威廉姆·德洛·鲁索：《天才艺术家：勃鲁盖尔》，姜亦朋译，北京时代华文书局，2015年。

[37] [法]让-诺埃尔·罗伯特：《古罗马人的欢娱》，王长明、田禾、李变香译，广西师范大学出版社，2005年。

[38] [德]奥古斯特·毛乌：《庞贝的生活与艺术》，杨军译，上海三联书店，2014年。

[39] [古希腊]普鲁塔克：《希腊罗马名人传》，席代岳译，吉林出版集团，2009年。

[40]日本大宝石出版社编《意大利》，霍春梅、金松译，中国旅游出版社，2012年。

[41] [美]亚瑟·斯坦利·瑞格斯：《提香：他的辉煌和威尼斯时代》，尚垒译，北京大学出版社，2010年。

[42] [意]莫莉琪亚·塔萨提斯：《天才艺术家：维米尔》，杨翕如译，北京时代华文书局，2015年。

[43] 新加坡APA出版公司编《意大利》，梁宝恒译，中国水利水电出版社，2002年。

[44] 中华世纪坛世界艺术馆、卡波迪蒙蒂博物馆编《重返巴洛克：那不勒斯的黄金时代绘画》，文物出版社，2011年。

[45] 周芳莲：《格列柯：西班牙的画圣》，河北教育出版社，2001年。

[46] [意]斯蒂芬尼·祖菲：《天才艺术家：卡拉瓦乔》，苏依莉译，北京时代华文书局，2015年。

[47] [意]斯特凡诺·祖菲：《图解欧洲艺术史：16世纪》，姜奕晖译，北京联合出版公司，2017年。

图书在版编目(CIP)数据

激情那不勒斯 / 张志雄著 . — 上海：上海社会科学院出版社，2023

（走读意大利）

ISBN 978-7-5520-3953-5

Ⅰ.①激… Ⅱ.①张… Ⅲ.①游记—作品集—中国—当代 Ⅳ.①I267.4

中国版本图书馆CIP数据核字(2022)第162917号

激情那不勒斯

著　　者：张志雄
责任编辑：蓝　天　周洁磊
封面设计：黄婧昉
排　　版：马　壮
出版发行：上海社会科学院出版社
　　　　　上海顺昌路622号　邮编 200025
　　　　　电话总机 021-63315947　销售热线 021-53063735
　　　　　http://www.sassp.cn　E-mail：sassp@sassp.cn
印　　刷：上海万卷印刷股份有限公司
开　　本：720毫米×1000毫米　1/16
印　　张：14.5
字　　数：163千
版　　次：2023年1月第1版　2023年1月第1次印刷

ISBN 978-7-5520-3953-5 / I·463　　　　　　　　定价：98.00元

版权所有　翻印必究